LETTRE

A

M. MARMONTEL,

PAR UN DÉISTE CONVERTI,

A l'occaſion de ſon Livre intitulé :

BELISAIRE.

Dans laquelle on fait une Critique du XV. Chapitre de ce fameux Roman.

1767.

LETTRE

A M. MARMONTEL,

Par un Déiste converti, à l'occasion de son Livre intitulé : *Belisaire*.

MONSIEUR,

On parle fort diversement de votre nouveau Livre intitulé *Belisaire*. Les Philosophes l'approuvent comme un ouvrage excellent, très-propre à mettre en vogue, la Religion commode qu'ils ont inventée. Les autres le condamnent comme une de ces productions monstrueuses & impies, qu'on ne sçauroit étouffer avec trop de célérité. Pour moi je ne prétends ni adopter ces louanges excessives, ni faire le méchant à votre égard. Je me borne à vous apprendre, qu'ayant été *Déiste*, je ne le suis plus, & que je suis redevable de ma conversion, à votre *Belisaire*.

Ce changement vous surprendra sans doute. Je veux vous le raconter dans toutes ses circonstances. Vous sçaurez par quel malheur j'étois devenu *Déiste*, & quel a été mon sot orgueil, pendant tout ce tems-là. Vous verrez aussi l'estime que je faisois de votre Livre, & comment pour le défendre, je me suis engagé dans une dispute qui a été l'époque de ma conversion. Je vous l'avoue ; quelque séduisant qu'il ſoit, je ne ſçaurois être en colére contre vous. Je ſerois bien plutôt tenté d'imiter cet homme qui fit 20 lieues de chemin, pour remercier ſon ennemi d'un coup de poing qu'il en avoit reçu; diſant pour raiſon, qu'il étoit redevable à cette brutalité, de l'ouverture & de la guériſon d'un abcès, dont il n'avoit pu ſe délivrer par aucun remède. Si quelqu'un di[t] après cela, que votre *Beliſaire* ne peut ſervi[r] de rien, aſſurez-vous, M., que je prendrai votre défenſe.

Avant de vous parler de ma converſion, je vais vous faire une analiſe, ainſi que je vous l'ai promis, de mes anciens égaremens. Il eſt vraiment de votre honneur d'en apprendre l'hiſtoire.

On m'inſtruiſit dès mes premiéres années dans les principes de la Religion Chrétienne. Je n'eus d'abord aucune peine à croire; mais j'en eus beaucoup à pratiquer. Devenu maître de mon tems & de mes études, je cédai à mes inclinations. Je lus Voltaire, Jean-Jacques Rouſſeau, & toutes ces brochures libres deſtinées à deſennuyer ceux qui ſont las de l'Evangile. Je commençai alors à reſpirer: & dans le deſir que j'avois d'être ſage ſans qu'il m'en coutât rien, je diſois ſouvent en moi-même; ſi ces Philoſophes ne ſont pas des charlatans je ſuis l'homme le plus heureux du monde Ma béatitude, comme vous voyez, n'étoit encore que conditionnelle, & j'avois toujour[s] peur que l'Evangile n'eut raiſon. Mais je fi[s] connoiſſance vers ce tems-là avec deux Philo ſophes qui m'aidérent à ſortir de cette eſpèce de neutralité. Je parlois avec facilité, & j'avois appris un peu de chaque choſe. Auſſitôt ils me prônerent partout comme un homme d'eſprit & un bon Géométre. Je crus, ſans hé ſiter, qu'il falloit bien que j'euſſe ces qualités, puiſqu'on me les donnoit. Je me remis, avec un nouveau feu à l'Algebre, à l'Arithmétique, à la Géométrie. J'étudiai la Méchanique, l'Aſtronomie, l'Optique, la Dioptrique, la Catoptrique. Je lus Deſcartes, Newton, & ſes Commentateurs s'Graveſande & le P. Jacquier. Embarqué ainſi dans ces hautes ſciences, qui toutes fois ne m'ont ſervi de rien, je me crus ſans héſiter le premier homme de ma Patrie, un génie ſupérieur & capable de tout entreprendre. Mon plaiſir étoit de diſcourir ſans fin, de recevoir des louanges de toutes parts, d'en donner moi-même avec profuſion, & ſurtout à ceux qui étoient mes admirateurs, & dont j'exaltois fort le jugement exquis. Un jour on me demanda ce que je penſois de la Religion. Je n'en ſçais rien, répondis-je. Examinez ce point, me dit-on : vous êtes bien en état de le faire. Je le fis auſſitôt, & aprés trois jours d'étude, je répondis, que j'étois Déiſte. Cette nouvelle charma tous mes amis. Ils me dirent qu'ils ne déſeſpéroient pas de me voir bientôt aſſocié des Académies de Londres, de Berlin, d'Edimbourg; qu'ils étoient ſeulement ſurpris qu'il m'eut fallu tant de tems pour ſubjuguer mes préjugés; que pour eux ils s'étoient trouvés quittes de la religion à moins de frais; mais qu'aprés tout, quoique le paſſage de la foi au Déiſme ſe fit plus aiſément, & pour ainſi dire, ſans qu'on s'en mêle, il étoit bon d'avoir pour ſoi des gens qui euſſent approfondi les matiéres.

Depuis ce moment je me fis un devoir de lire plus aſſidument que jamais, tous les ouvrages des Philoſophes. J'en ai pour une ſomme conſidérable : ce qui me rend bien confus aujourd'hui ; car je ne ſçais qu'en faire. Je trouvai un goût exquis à celui *de la Prédication* attribué à un certain Abbé ; l'incrédulité y étant déduit avec ordre & netteté. Sur quoi j'ai une anecdote à vous apprendre ; c'eſt qu'on a joué un des plus jolis tours à ſon réfutateur, en lui enlevant une grande partie de l'édition de ſa réponſe qui étoit aſſez humiliante : de ſorte que par un bonheur des plus ineſpérés pour cet Abbé, il n'y a eu peut-être que ſept à huit cens perſonnes dans Paris, qui ſe ſoient mocquées de lui. Vous verrez dans la ſuite commenr j'ai appris cette hiſtoire.

Mais le livre qui m'a le plus charmé, c'eſt votre *Beliſaire.* J'en parlois à tout le monde. Je demandois à chacun : *Avez-vous lu Beliſaire* ? Quel ſtile, diſois-je, que celui de ce livre ? qu'il eſt net, qu'il eſt coulant ! que les expreſſions en ſont heureuſes & naturelles ! En un mot j'en fis l'éloge avec tant d'importunité, qu'à la fin je trouvai mon maître. C'eſt ici l'époque de ma converſion. Rendez-vous attentif, M., s'il vous plaît ; & ne perdez rien de ce que j'ai à vous dire.

Vers la mi-Juin dernier je rendis viſite à un ancien ami arrivé depuis peu de Province. Je le trouvai avec un Eccléſiaſtique vénérable par ſes cheveux blancs & ſa gravité. La converſation ne pouvoit être plus intéreſſante pour moi. Ils parloient de *Beliſaire* , & de la condamnation que ſe prépare d'en faire la Sorbonne. Au ſeul nom de condamnation, je ne pus m'empêcher de rire. Je me ſuis bien attendu, leur dis-je, que M. Marmontel feroit cauſer la Sorbonne. Le plus beau de l'affaire ſera de voir, avec quelle aiſance l'Académicien ſe jouera de ces Docteurs ; & comment, ſans avoir beſoin de rien emprunter de M. de

Buffon, il en sera néanmoins un parfait imitateur. Là-dessus l'Ecclésiastique s'échauffa. Seriez-vous, me dit-il, un des admirateurs de ce livre? Oui, M., lui répondis je; & j'ajoutai sur un ton de maître, que si on vouloit s'en tenir au 15e chapitre, il y auroit bien des disputes terminées. Le bon vieillard me regarda d'un œil de compassion, & entremêlant la force avec la douceur, il me parla à peu près en ces termes.

Je vous plains, M., d'être dans ces sentimens. La Religion est une chose divine à laquelle on ne peut toucher sans sacrilége. Un des plus grands malheurs qui pût arriver à la France, étoit de voir naître dans son sein de prétendus Philosophes qui se font gloire d'un tel attentat, & qui sont impies par sistême. Mais quel sistême qui n'a d'autre bâse que l'orgueil & la corruption du cœur! Car s'ils considérent la majesté & l'élévation de nos mystères, ils succombent sous le poids de la foi; n'ayant pas assez d'humilité, pour se soumettre à croire ce qu'ils ne peuvent comprendre: & s'ils jettent les yeux sur la sainteté de la Morale chrétienne, ils succombent encore; aimant trop leur liberté, pour suivre une morale qui met à la gêne toutes les passions. C'est pourquoi ils ont trouvé plus court d'inventer eux-mêmes une religion, où tout soit aisé à comprendre, où tout soit facile à pratiquer. Il ne leur restoit plus que d'en prendre la défense, en soutenant qu'en fait de religion, l'homme ne doit hommage qu'à la raison, & non à l'autorité. Mais du premier pas ils font une chute effroyable. Ils résistent à des preuves qui ont été discutées pendant dix-sept cens ans; & ils se décident sur les premiéres réflexions, ſur quelques gentilleſſes, ſur quelques traits malins lancés dans leurs courtes & frivoles brochures. Ils ont beau dire que la lumiére les frappe; la vérité eſt que ſur ces matiéres importantes, aucun de ces Meſſieurs ne ſe contente de ſoi-même. Ils ſe regardent les uns les autres, & ſe ſoutiennent par ce regard mutuel; ſe formant ainſi, malgré qu'ils en aient, une autorité à laquelle ils ſe rendent, quelque mince qu'elle ſoit; aprés avoir ſecoué le joug de l'autorité la plus ferme, la plus éclatante, & la mieux prouvée qui ſoit ſur la terre. Si la religion des Déiſtes prenoit ſa ſource dans les lumiéres de la raiſon, on auroit toujours vu un nombre de Déiſtes dans l'Egliſe; puiſque dans tous les ſiécles il y a eu des Philoſophes. Mais les Déiſtes ne paroiſſant que depuis peu, il faut que le nombre s'en ſoit accru par imitation, plutôt que par raiſonnement. En effet où eſt le Philoſophe qui ait examiné ſérieuſement & ſans prévention, s'il y a eu jamais de vraies prophéties & de vrais miracles? Car je compte pour rien ce qu'ils ont fait ſur cet objet, où ils ſemblent plutôt ſe divertir, que parler ſérieuſement. On les défie d'entamer cette matiére & de la ſuivre par principes. Qui eſt celui d'entre eux qui ait cherché le ſens des écritures, leur origine, leur autorité? Où ſont ceux qui aient décidé avec connoiſſance de cauſe, s'il y a des vérités que l'homme ne puiſſe comprendre, ſi Dieu peut en révéler quelques-unes, & en exiger la croyance, & s'il l'a exigée réellement? Car tout eſt lié dans ces vérités. Un dogme tient à un dogme, celui-ci à un autre; de même que dans les dogmes oppoſés. Pour en nier un, il faut en nier un grand nombre d'autres; &

par conſéquent les examiner tous, pour voir ſi ce qui a paru faux ſous un premier regard, ne paroîtroit pas inconteſtablement véritable, ſous une vue plus éloignée qui donneroit une lumiére complette. C'eſt par ces lumiéres ſucceſſives qu'on eſt parvenu dans la Philoſophie, à rejetter Ariſtote pour ſuivre Deſcartes, & à quitter enſuite Deſcartes pour ſuivre Newton, en attendant qu'un autre arrive.

Qui eſt celui de tous ces beaux eſprits, qui aprés avoir jugé de la prédeſtination & de la réprobation par les idées communes qu'il a de la juſtice, ſe ſoit demandé ſérieuſement à ſoi-même, ſi ce qui ne cadre pas avec ſa juſtice finie, ne pourroit pas convenir à une juſtice infinie? L'homme eſt-il bien en état de porter ſes regards juſqu'à cette élévation? Jamais l'Egliſe ne ſeroit montée ſi haut, ſi Dieu lui-même n'avoit fait deſcendre ces vérités ſur la terre; & les Philoſophes qui les rejettent ſont auſſi fous que cet ancien hérétique qui ſe vantoit de comprendre la Divinité; mais que S. Baſile réduiſit aiſément au ſilence, en lui faiſant ſeulement quelques queſtions ſur la nature des fourmis. C'eſt en cette maniére qu'on devroit arrêter ces eſprits inquiets & téméraires. Ils veulent juger de ce qui peut ou ne peut pas convenir à Dieu? il n'y a qu'à les queſtionner ſur la glande pineale, & les prier de nous dire enfin avec certitude, ſi elle eſt, ou ſi elle n'eſt pas le principal ſiége de l'ame. Ils rejettent la prédeſtination & la réprobation? il faut leur demander de quoi vivent les baleines, & pourquoi une pierre tombe. Ils mépriſent l'autorité de l'Egliſe? il faut les obliger à démontrer que la leur eſt plus grande, ou du moins égale à celle-là. Ils font des objections? il faut leur en montrer de plus fortes dans S

Eunom.

Thomas & dans tous les livres de Théologie; & leur faire lire leurs difficultés si merveilleuses, dans Minutius Felix, Origene, Arnobe, Lactance; c'est-à-dire, dans des ouvrages publiés prés de quinze cens ans, avant que ces petits raisonneurs fussent au monde. Foibles génies! ils veulent couper court aux difficultés, & ils les multiplient. Dieu peut-il prédestiner ou reprouver les hommes? Difficulté. L'homme peut-il se rendre meilleur que Dieu ne l'a fait? Difficulté. Dieu pouvant rendre tous les hommes justes, d'où vient qu'il ne l'a pas fait? Difficulté. Si on dit qu'il ne le peut pas, comment comprendre qu'un si habile ouvrier ne soit pas maître de son ouvrage? Difficulté. Si les Déistes ont raison, pourquoi Dieu souffre-t-il les Chrétiens qui damnent les Déistes? Difficulté. Si les Chrétiens ont raison, pourquoi Dieu souffre-t-il les Déistes qui insultent aux Chrétiens? Difficulté. Que l'homme apprenne à se connoître. L'autorité doit le conduire dans ces routes difficiles. Nous avons commencé par elle dès notre berceau; continuons par elle jusqu'à la fin de la vie. En sortant de notre enfance, nous sommes entrés dans une autre. Nous étions enfans vis-à-vis nos parens; nous le sommes toujours par rapport à Dieu. Ecoutez mon Eglise, nous dit-il; c'est moi qui l'ai instruite. Voyez les preuves de cet établissement divin dans la maniére dont je l'ai formée, dans la liaison qu'elle a avec l'ancienne loi qui remonte jusqu'à l'origine des choses, & avec la durée des siécles où tout change, sans qu'elle change jamais. Il y a des disputes dans mon Eglise: je les ai prédites. Il y a des persécutions: je les ai prédites. Il y a des erreurs: je les ai prédites.

Ces combats, ces fausses doctrines, sont une preuve de la vérité; comme la vérité qui triomphe dans ces combats, est une preuve de ma protection sur l'Eglise, & de la fermeté de cette promesse : *Je suis avec vous jusqu'à la consommation des siécles.* Après ces paroles, l'Ecclésiastique se tut un instant, & comme j'allois parler, il reprit son discours en cette maniére.

Il est étonnant que le monde se laisse duper en fait de religion, par des hommes qui ne l'ont jamais étudiée; qui ne traitent rien de suite; qui ne font dans leurs écrits que voltiger; qui veulent se former une postérité, sans avoir pris naissance de personne : qui naissent par conséquent d'eux-mêmes; & qui sont trop heureux, lorsqu'à force de limer leurs petits écrits, ils ont pour récompense le titre de Philosophes ingénieux. C'est l'éloge que peut mériter tout au plus M. Marmontel. Lisez un peu son 15e chapitre. Qu'y trouverez-vous ? Rien de plus fragile que ses preuves. Il fait parler Justinien à son gré pour se procurer la victoire, & il habille Belisaire en Déiste, pour en faire un héros Philosophe; mais à ce prix-là, il ne sera pas difficile à nos Philosophes de se procurer des heros, autant qu'ils voudront.

Je l'interrompis à cet endroit, & lui dis avec un peu de chaleur; je ne blâme pas, M., votre zèle à défendre l'Evangile; mais il me semble que vous n'avez pas pour M. Marmontel les égards qu'il mérite.

Des égards! me dit-il: en mérite-t-il plus que les dogmes de la foi, dont il se joue de la maniére la plus révoltante? Que ne se contentoit-il de nous montrer toujours Belisaire, avec cette candeur aimable & naïve, cette douceur, cette raiſon & cette équité, qui font partout ailleurs ſon caractére; ſans en faire bruſquement un impie au 15e chapitre? Et cela, pour avoir la ſatisfaction d'apprendre à toute la France, que M. Marmontel, malgré l'honneur qu'il a d'être de l'Académie Françoiſe, eſt Déiſte; & qu'il deſire que tout le monde le ſoit avec lui. Allez, M., ſi on rendoit bonne juſtice, l'Académicien apprendroit à ſes dépens à reſpecter la religion. En diſant ces paroles, il prend congé de la compagnie, & ſe retire.

Que cet homme eſt zèlé, dis-je à mon ami! je ne me ſerois jamais attendu, que pour un mot que j'ai dit en paſſant, il me releveroit avec tant de force.

Il ne faut pas s'en étonner, dit mon ami. Ne ſçavez-vous pas que c'eſt un ancien Docteur de Sorbonne?

Cependant le diſcours que je venois d'entendre avoit fait ſur moi une étrange impreſſion. De retour chez moi, je reprends *Beliſaire* Je lus tout de ſuite le 15e chapitre, dont franchement je ne fus pas ſi content que la premiére fois. Je le lus encore, j'en peſai tous les mots; je vis qu'il m'abandonnoit ſouvent dans le plus grand beſoin. O Dieu, m'écriois je, M. Marmontel n'a-t-il donc écrit que pour m'embarraſſer!

Mon ami ayant appris le doute où j'étois qui me tenoit en balance entre l'Evangile & Beliſaire, vint me voir. Il me conſeilla de recourir à mon Docteur, étant bien juſte, me dit il, que celui qui eſt la cauſe de votre peine, le ſoit auſſi de votre tranquillité. Je ſuivis ſon conſeil, & je fus avec lui-même, qui m'accompagna, rendre visite au Docteur. Aussitôt qu'il m'apperçut, il me dit en m'embrassant: hé bien, M., je ne suis donc pas devenu votre ennemi en vous disant la vérité? Pourrois-je me flatter que vous vous seriez enfin réconcilié avec la foi? Pas encore, lui répondis-je: mais je desirerois fort vous entendre faire la critique du 15e chapitre de Belisaire; pour éprouver si de cet examen, il résulteroit une lumiére qui sur la religion, me ramenât à vos sentimens. Très-volontiers, me dit il, la critique de tels ouvrages se fait toujours aisément. Aisément! lui répondis-je? Ho! ne pensez pas que je céderai au premier choc. Je suis franc & sincére, & aussi disposé a me rendre aux preuves solides, que prêt à réfuter celles qui ne le sont pas. Pardonnez, je vous prie, ma liberté. Que vous êtes aimable, me dit il, en me serrant la main! ce sont de telles gens qu'il me faut. Venez dans mon jardin: nous parlerons là Belisaire tant qu'il vous plaîra; & vous éprouverez, j'espére, que la sincérité dont vous faites profession, donne de grandes avances pour parvenir à la vérité

Nous nous retirâmes donc tous les trois dans ce lieu paisible. Mon Docteur prit Belisaire, & l'ouvrant au 15e chapitre, il dit en m'adressant la parole: Vous avez pu remarquer que le grand principe de cet auteur, est la tolérance de toutes les religions. De sçavoir ensuite s'il n'en croit aucune, ou s'il les croit toutes, dans la pensée que Dieu n'y prend pas garde de si prés, & qu'il se contente de la bonne volonté où sont les hommes, de reconnoître en général un moteur invisible, quoiqu'ils se mettent peu en peine de savoir, ni quel il est, ni quel est le culte qu'il exige; c'est un probléme que je ne chercherai point à résoudre, parce qu'il me paroît que les sentimens de M. Marmontel sont pris d'assez haut, pour se prêter également à ces deux hypothéses. Contentons-nous d'examiner son chapitre.

J'y remarque d'abord une chose tout-à-fait admirable. C'est la sainteté de Belisaire depuis qu'il est devenu Déiste. Il est *assûré*,
P. 231. 232. selon M. Marmontel, *que Dieu l'aime* : son *cœur* est *pur* : il est *sans reproche* : *le port* où il arrivera aprés cette vie, sera *délicieux*. Jamais S. Paul auroit-il osé faire de lui-même un si grand éloge ?

Qu'est-ce que cela fait à M. Marmontel, lui dis-je ? Vraiment ce n'en est que mieux que cet éloge, pour faire voir que l'Evangile inspire des scrupules dont le Déisme délivre heureusement. Quand Belisaire sera plus juste qu'un S. Paul, que tous les Apôtres, que tous les Martyrs ensemble, quel inconvénient y a-t-il ?

Il n'y en a point, me dit le Docteur, pourvû que la chose soit vraie. Mais si Belisaire est de la condition des autres hommes qui sont sujets à mille fautes, il pourroit y en avoir un fort considérable pour M. Marmontel, à nous donner au commencement de son chapitre, un homme vain pour un héros. Or vous ne croyez pas, je pense, que la qualité de Philosophe donne le privilége de justifier ainsi les gens. Il ne faut pas douter que M. Marmontel, à l'imitation de Dieu, n'ait admiré son ouvrage, aprés l'avoir tiré du néant; & qu'il n'ait dit dans le plus intime de son ame : Si je trouvois parmi les Déistes mes confreres, un homme qui approchât du mérite de Belisaire, je ferois un *in folio* pour célébrer ses louanges;

mais c'est assez d'un petit chapitre, pour honorer un héros Déiste qui n'a jamais existé. (a)

Vous prenez mal les choses, dis-je au Docteur. Il n'y a point de mal à faire des fictions, lorsqu'elles sont utiles.

Dites plutôt, répartit le Docteur en m'interrompant, que c'est un malheur que saint Macaire d'Egypte qui a été un héros bien réel, n'ait pas été Déiste; nous aurions assurément, *Macaire par M. Marmontel.* Il faudroit voir avec quel intérêt l'Académicien vous peindroit la vertu de ce vieux Moine d'Egypte, sa tranquillité lorsqu'on l'accuse d'un crime infâme; sa patience, lorsqu'on le frappe injustement; sa charité, lorsqu'il nourrit la malheureuse fille qui l'a calomnié; sa rare modestie, lorsqu'il cherche un asile dans les déserts contre les louanges qu'on donne à sa vertu reconnue; la vie frugale & dure qu'il y mene, l'élévation & la fermeté de son esprit, à la rencontre d'un voleur qui lui dégarnit sa cellule, & qu'il aide lui même de ses propres mains, en chargeant le chameau que le voleur avoit amené.

Cela est beau, dis-je au Docteur. Je ne sçavois pas cette histoire.

Pensez vous, me répliqua-t il, que M. Marmontel la sçache plus que vous? On a perdu le goût de la vérité. Il faut des fables à nos Philosophes, des Justes en idée; au lieu d'en chercher de réels dans l'histoire de l'Eglise.

Permettez-moi de vous dire répondis-je au Docteur, que Belisaire n'est pas si vain que vous le pensez; & qu'il ne prétend pas s'en faire accroire. Ecoutez le parler: *Dieu m'a* P. 233.

(a) Le vrai Belisaire n'étoit pas un Philosophe, un Déiste. Il faisoit profession de la Religion Chrétienne.

créé foible, dit-il, *il sera indulgent*. Voyez-vous comment il reconnoît en lui des foiblesses ? Il les avoue ingénûment, & de la meilleure grace du monde. Seulement il ne peut souffrir ces Chrétiens *superbes & mélancoliques*, qui veulent asservir les autres à leur maniére de penser, & les condamnent sans façon aux larmes de la pénitence. Or en bonne foi, n'a-t-il pas raison ?

Ibid.

Non, non, dit le Docteur, il n'a pas raison. Et qu'entend-il par cette foiblesse ? Est-ce cet amas de fautes legéres qui échappent aux plus justes, malgré ce riche fonds de charité qui réside en eux ? Hélas ! M. Marmontel est à cent lieues d'une telle interprétation. Sous sa plume, le terme de foiblesse est un mot encyclopédique, qui renferme toute la vie d'un Payen & d'un Déiste. Ne pas aimer Dieu, ne pas même le connoître, suivre la corruption de son cœur, ce sont des foiblesses selon M. Marmontel, des irrégularités, de petits péchés véniels. Et ce qui est encore plus horrible, c'est que tous ces désordres sont mis sur le compte de Dieu ; comme s'il pouvoit être l'auteur d'un tel déréglement, si opposé à sa sainteté & à sa justice. Voilà le précipice où l'on se jette, lorsqu'on refuse d'écouter l'Eglise, qui nous apprend la source de nos malheurs, & nous en montre la nature & le remède. Que Belisaire le Déiste ne dise donc point : *Dieu m'a créé foible, il sera indulgent.* Qu'il dise plutôt, je suis rebelle, Dieu sera terrible.

Je n'eus mot à répliquer à cela ; & cependant pour ne pas rester court, je lui dis : faites attention, s'il vous plaît, M., que Belisaire apporte la raison intime qui prouve son innocence, & celle par conſéquent de tous les Déiſtes, qui ſont tous figurés ici par Beliſaire. *Dieu ſçait bien*, dit-il, *que je n'ai ni la folie, ni la malice de vouloir l'offenſer; c'eſt une rage impuiſſante que je ne conçois même pas.* P. 234.

Je ne ſçais, dit le Docteur, ſi vous voyez toute l'extravagance, & toute l'impiété renfermée dans les paroles que vous venez de lire. Remarquez-les bien. Selon M. Marmontel, il eſt impoſſible d'offenſer Dieu: *c'eſt* une *rage impuiſſante qu'il ne conçoit même pas.* Cela veut dire, qu'il eſt devenu ſi pénétrant, depuis qu'il eſt Déiſte, qu'il ne conçoit pas que les voleurs, les incendiaires, les homicides, les parricides, les Régicides offenſent Dieu; que ces monſtres de la nature, un Caligula, un Neron, un Commode, un Heliogabale aient offenſé Dieu; Ravaillac en plongeant le couteau dans le ſein d'Henri IV., n'avoit pas *deſſein d'offenſer Dieu.* Il croyoit, ſur les leçons de ſes bons maîtres, faire une action très-agréable à l'Etre ſouverain, & très-méritoire. Il n'avoit point cette *rage*, que M. Marmontel ne conçoit pas: il n'a donc point offenſé Dieu; & par conſéquent il a été très innocent, ſelon la maxime de cet habile Philoſophe. Belle leçon pour tous les ſujets perfides! pour tous les ſcélérats! Qu'eſt-ce que Dieu? Dieu eſt une idole ſourde & muette, indifférente à tout ce qui ſe paſſe dans ce bas monde. Les Rois de la terre ſont offenſés, lorſqu'on ſe mocque de leurs édits; Dieu n'eſt point offenſé quand on ſe mocque des ſiens, & qu'on foule aux pieds les loix qu'il a gravées dans l'eſprit de tous les hommes. L'Etre des êtres eſt donc celui qu'on doit moins craindre d'offenſer, qu'on doit moins conſidérer : c'eſt le plus mépriſable de tous les êtres. Telle eſt la premiére leçon du Catéchiſme des Déiſtes ſur la Divinité.

Mais ſi on n'a pas, dis-je au Docteur, la volonté d'offenſer Dieu, comment eſt-il poſſible qu'on l'offenſe ?

Voilà préciſément, répliqua le Docteur, la queſtion agitée dans la quatriéme Lettre Provinciale. Liſez-la, je vous prie. MM. les Philoſophes ont l'ame ſi élevée, qu'ils parlent de Dieu, comme ils feroient d'un camarade qu'on n'offenſe jamais, à moins qu'on n'ait l'intention directe de lui faire de la peine. C'eſt par cette idée baſſe & ridicule que M. Marmontel a de la Divinité, qu'il conclud qu'il n'a pas la malice d'offenſer Dieu ; parce qu'en effet quelque grand que ſoit ſon péché, lorſqu'il a donné, par exemple, ſon Beliſaire, il n'a pas eu la volonté d'offenſer Dieu en cela, mais ſeulement le deſſein de prêcher ſa Philoſophie, qui eſt, ſelon lui, la plus belle choſe du monde. De ſorte que pour le remettre dans ſon bon chemin, on n'a qu'à lui dire que vouloir offenſer Dieu, c'eſt vouloir ce que Dieu ne veut pas, vouloir ce qu'il déſapprouve, vouloir ce qui eſt contraire à la vérité, à la rectitude, à la juſtice dont Dieu eſt le principe & le modéle. L'entendez-vous à préſent ?

Je conviens, répondis-je, que de commettre une injuſtice, c'eſt aller contre Dieu qui le défend ; mais eſt ce à dire pour cela qu'on l'offenſe ? Dieu eſt-il ſemblable à l'homme pour s'irriter, pour ſe mettre en courroux ; & M. Marmontel n'a-t-il pas raiſon d'appeller *mélancoliques*, ceux qui *font Dieu colère & violent comme eux, en lui attribuant leurs vices* ? Je crus triompher ici.

P. 233.

Le Docteur se mit à rire. Je vais vous faire voir, me dit-il, que M. Marmontel n'a pas pris une assez forte dose de Philosophie, pour dissiper entiérement les restes de cette ancienne mélancolie que la foi chrétienne lui avoit donnée. Lui-même vous dit que Dieu est *terrible aux méchans*, & lui-même vous dit que Dieu ne se met pas en *colère*. Vous êtes franc & sincère, dites-moi là-dessus votre sentiment. Pouvez-vous accorder cela ? p. 234.

Allons, il s'est trompé, lui dis-je. Vous épluchez tout jusqu'à un iota. Je ne suis pas surpris si les Philosophes sont ennemis de la scholastique. Vous ne nierez pas du moins que lorsque Dieu est offensé, & qu'il se met en colère, il n'entre point intérieurement dans ces mouvemens subits, & ces espéces de convulsions qui nous agitent & nous transportent: & c'est peut-être tout ce qu'il a voulu dire.

Je ne m'oppose pas, dit le Docteur, à cette explication puérile. Mais à quoi bon combattre ce que personne ne soutient. Autant vaudroit-il faire un traité, pour montrer que Dieu n'est pas sujet à la fievre.

C'est lui, dis-je; que M. Marmontel a des idées très-hautes de la Divinité. Il est fort réservé sur cet article. Tous les Déistes sont de même. Ils parlent peu de Dieu. Ils croient qu'un Etre si élevé au dessus d'eux, ne les regarde pas. Aussi Belisaire ne peut souffrir ces téméraires qui sont toujours à discourir sur les choses de Dieu. *Hélas*, dit-il, *je sens qu'en m'efforçant de le concevoir, je fatigue en vain ma foible intelligence à réunir tout ce que je sçais de meilleur & de plus beau ; & qu'il n'en résulte jamais qu'une idée très imparfaite !* Ibid.

C'est très-bien, dit le Docteur. Et pourquoi

donc ne s'en tenoit-il pas-là ? Ne valloit-il pas mieux que son chapitre n'eut que ces 4 lignes, que de discourir à perte de vue sur des choses qu'il n'entend pas, & qu'il avoue lui même être au-dessus de sa capacité ? Qu'est-ce autre chose, ce 15e chapitre, qu'un jugement perpétuel de ce qui peut ou ne peut pas convenir à Dieu ; de ce qu'il approuve ou de ce qu'il condamne ; & cela sans autre secours que cette *foible intelligence*, qu'il est enfin forcé de prendre pour son attribut ? Ah ! M., disons la vérité : Dieu est incompréhensible pour les Chrétiens, il ne l'est pas pour les Déistes. Ces Messieurs comprennent sa justice ; ayant découvert depuis peu qu'elle ne peut aller jusqu'à permettre le péché originel & ses suites. Ils comprennent sa miséricorde ; voyant clairement que Dieu n'a pu aimer le monde, jusqu'à donner son Fils unique pour le racheter. Ils comprennent sa puissance ; sçachant, à n'en pouvoir douter, que Jesus-Christ ne peut être tout à la fois dans le Ciel & dans la sainte Eucharistie. Pour nous pauvres ignorans, nous ne croyons de Dieu, que ce qu'il en assure lui-même. Nous n'avons pas deviné que le Fils de Dieu s'est fait homme ; nous nous sommes contentés de le croire ; parce qu'il l'a dit & l'a prouvé.

Est-ce à dire, M., répondis-je au Docteur, que parce que Dieu est incompréhensible, il n'est point indulgent, & autant que le soutient M. Marmontel. Rien de plus décisif, ce me semble, que la raison qu'il donne de cette indulgence, dans ces paroles si belles de Belisaire. *Si cet Etre incompréhensible*, dit-il, *se plaît à quelque chose, c'est à l'amour de ses enfans : & ce qui me le peint sous les traits les plus doux,*

P. 234. 235.

est ce que je saisis le plus avidement, pour en composer son image. Jamais Pere de l'Eglise a-t-il mieux parlé ?

Tout juste, dit le Docteur, vous me rappellez une fort jolie histoire. Il faut que je vous la raconte. C'est ma coutume d'aller visiter tous les mois les prisonniers, pour les consoler dans l'état pénible où ils se trouvent. Car puisque les Déistes ne le font point, il est bien convenable que quelqu'un s'en mêle. J'y rencontrai un criminel, qui ayant manqué d'argent dans un besoin pressant, avoit volé la bourse à un Philosophe. Celui-ci qui n'entend pas raillerie sur une matiére aussi grave, le fit mettre en prison. Je demandai au criminel, comment il avoit osé violer la loi de Dieu. Hélas ! me dit-il, je vis de l'argent sur une table, je le regardai avec plaisir, & me dis à moi-même, y a-t-il du mal à le prendre ? Dieu sera-t-il offensé ? Je ne le crois pas. J'ai lu dans Belisaire, qu'il est permis de *saisir avidement, ce qui* nous *peint Dieu sous les traits les plus doux, pour en composer son image.* O ! que Dieu me paroîtra aimable, s'il veut bien que je profite de cette occasion pour raccommoder mes affaires ! J'emportai donc cet argent, croyant que Dieu n'en seroit point offensé ; & toutes fois voilà la cause de mon emprisonnement. J'ai eu beau citer ensuite au Philosophe le texte de Belisaire, il m'a répondu : Si c'est là votre excuse, dites à M. Marmontel de prendre votre place. Cette histoire nous fit bien rire.

Voilà donc, ajouta le Docteur, une maxime propre à excuser tous les crimes ; chacun trouvant fort doux ce qui flatte le plus ses penchans.

J'entends bien, lui répondis-je, qu'on peut abuser de cette maxime prise dans sa généralité. Mais il est question de juger, qui des Déistes ou des Chrétiens se forme de Dieu une idée plus digne de sa bonté.

Nous ne sçavons ce que c'est, dit le Docteur, que de faire des sistêmes là-dessus. Nous connoissons trop notre foiblesse, pour prétendre composer une image de notre Dieu. Nous nous contentons de recevoir celle qu'il nous trace lui-même dans ses divines Ecritures; nous la considérons avec respect; & lorsque nous apprenons quel est le don que Dieu nous a fait en Jesus-Christ, nous *saisissons avidement* ce don, pour *en composer* l'image d'une miséricorde incompréhensible. Mais un Déiste qui parle de la bonté de Dieu, sçait-il bien ce qu'il dit?

Cela est vrai, dis-je au Docteur: l'Incarnation du Fils de Dieu donne une idée tout autrement grande de la bonté de Dieu, que le sistême des Déistes qui ne veulent point d'Incarnation. Mais aussi vous damnez les Payens, & ces Messieurs les sauvent; ne sont-ils pas en cela meilleurs que vous? Voyez ce que dit Belisaire à Justinien, qui lui reproche de mettre *les héros Payens dans le Ciel*: P. 237. *Ecoutez mon voisin*, dit Belisaire, *vous n'avez point envie d'affliger ma vieillesse; je suis un pauvre homme qui n'ai d'autre consolation que l'avenir que je me fais. Si c'est une illusion, laissez-la moi. Elle me fait du bien, & Dieu n'en est point offensé; car je l'en aime davantage. Je ne puis me résoudre à croire qu'entre mon ame & celle d'Aristide, de Marc-Aurele & de Caton, il y ait un éternel abîme; & si je le croyois, je sens que j'en aimerois moins l'Etre excellent qui nous a faits.* Ce discours m'a toujours attendri.

Vous êtes bien tendre, dit mon ami. Et moi je répondrois : écoutez M. Marmontel : Je suis un pauvre homme, qui n'ai d'autre consolation que de penser à Jesus-Christ, & au bonheur éternel auquel il nous a appellés. Si c'est une illusion, laissez-la moi ; laissez-la à tous les Chrétiens qui remplissent le Royaume, & ne venez pas les troubler par vos discours impies. Gardez pour vous votre Belisaire ; ou allez-le faire vendre parmi les Iroquois.

Ce n'est pas mal, dit le Docteur : j'ajouterai à cela néanmoins une chose, c'est que Belisaire peut se rassurer ; je lui réponds d'une place avec tous ces Payens, & même avec M. Marmontel, s'il continue de marcher dans la route qu'il a enfilée. Il s'agit de sçavoir seulement où sont Aristide, Marc-Aurele & Caton. Dans l'Enfer, répond l'Ecriture ; dans le Ciel, répond M. Marmontel. A qui croirons-nous ? J'entends l'Académicien qui me dit, je suis Philosophe ; je ne prétends pas l'emporter par autorité ; je ne fais point des miracles ; il me seroit impossible de guérir par le seul toucher, un bourgeon au visage. Je prétends seulement qu'on doit céder à la profondeur de mon raisonnement. Le voici : Si Dieu me damnoit étant Déiste, je sens que je l'en aimerois moins. Donc Dieu me sauvera. Quelle force de genie ! Il ne faut pas s'étonner après cela, s'il met en Paradis Aristide qui conspira contre la vie de Thémistocle au rapport de Lucien : Trajan qui étoit ivrogne & Sodomite selon Dion. *Vini appetens. In masculorum amoribus, ità se temperavit, ut nihil per vim, dum voluptati obse-*

quitur, moliret : Marc-Aurele qui fut accu ainsi que le dit Jules Capitolin, d'avoir em poisonné Verus son ami & son collégue Caton qui se tua lui-même.

O! Monsieur, répondis je, comme vou parlez de Trajan! Il étoit un si bon Empereur

J'avoue, dit le Docteur, qu'il avoit de qualités estimables; mais il en avoit de for mauvaises. Car sans parler de cette injust & horrible persécution qu'il fit aux Chrétiens peut-on rien voir de plus contraire à la Lo naturelle, que cette Loi de Trajan, de ne point rechercher les Chrétiens, mais de les punir, s'ils étoient accusés? *Conquirendi non sunt : si deferantur & arguantur, puniendi sunt.* Puisque, comme le remarque Tertullien, si les Chrétiens étoient coupables, il étoit juste de les rechercher avec soin; & s'ils étoient innocens, on commettoit une injustice en les punissant, quoiqu'ils fussent accusés. *Si damnas, cur non & inquiris? Si non inquiris, cur non & absolvis?*

Ep. Traja.

Tert. Apol. c. 2.

Monsieur, dis-je au Docteur, vous direz tout ce qu'il vous plaira. Je ne sçaurois consentir à mettre Trajan en Enfer; car quoiqu'il ait fait des actions repréhensibles, est ce à dire pour cela qu'il n'a pas reçu grace du juste Juge, en récompense des bonnes qualités qu'il a eues? S. Jean de Damas nous apprend que S. Gregoire le Grand a demandé à Dieu le salut de ce Héros, & que ses priéres ont été exaucées; assurant en même temps que l'Orient & l'Occident rendent témoignage de cette croyance. Jean Diacre, dans la vie de S. Gregoire, rapporte cette histoire en homme qui en étoit persuadé. Dans l'Euchologe des Grecs, on trouve une oraison par laquelle on demande à Dieu de pardonner à celui pour qui on prie, comme il a pardonné à Trajan par l'intercession de S. Gregoire. S. Thomas, Gerson, Tostat, Ciaconius Pénitencier du Pape Gregoire XIII, ont été dans le même sentiment. Seroit-il juste de blâmer M. Marmontel d'avoir pensé comme eux ?

O bon Dieu ! s'écria le Docteur, vous êtes donc Théologien ? Et d'où avez-vous pris cela ?

De la préface, lui dis-je, du panégyrique de Trajan, traduit par M. de Saci de l'Académie Françoise. Je n'ai pas lu les Peres ni les Auteurs ecclésiastiques ; mais lorsque nous trouvons quelque trait d'érudition qui accomode nos affaires, nous nous en servons tous.

Vous feriez mieux, me dit le Docteur, d'imiter la modestie religieuse de M. de Saci, qui, comme il le dit dans sa préface, n'est pas *assez téméraire pour s'attribuer le droit de* p. 21. *juger ni les Peres de l'Eglise, ni les Théologiens, ni Trajan même* ; étant *bien résolu de n'adopter d'autre opinion que celle qui sera reçue & autorisée par l'Eglise.* Or l'Eglise fait peu d'attention à ces autorités éparces & isolées, qui n'entrent point dans la chaîne de la Tradition ; ou plutôt elle les méprise & les condamne, lorsqu'elles sont contraires à l'Ecriture sainte, & à l'enseignement perpétuel de tous les siécles. La nécessité de la foi en Jesus-Christ pour être sauvé, a été reconnue dans tous les temps. Trajan n'a pas eu cette foi. Trajan n'a donc pu être sauvé. Telle est la foi de l'Eglise. Tout autre sentiment est une erreur.

J'ajouterai après cela qu'un peu de bon sens fait voir que cette histoire du salut de Trajan est une fable. Elle porte que S. Gregoire ayant vu dans une place publique une statue de Trajan représenté comme descendant de son cheval pour écouter une veuve, touché qu'il fut de cette action de bonté, il pleura sur le malheur de l'ame de cet Empereur, & obtint son salut. Mais, 1°. aucun de ceux qui ont écrit l'histoire romaine, ne fait mention de cette statue de Trajan descendant de son cheval. 2°. Du temps de S. Gregoire les statues anciennes n'étoient plus érigées dans les place de Rome comme autrefois 3°. Cette priére prétendue est tout-à-fait contraire aux principes de ce saint Pape, répandus dans ses ouvrages. 4°. Jean Diacre qui rapporte cette histoire 250 ans après S. Gregoire, ne dit pas même l'avoir apprise sur les lieux; mais la tenir des Anglois. *Legitur etiam penes easdem Anglorum Ecclesias quod Gregorius per forum Trajani*, &c. On voit par-là que cette autorité se réduit à rien.

Vit. Greg. l. 2. n. 44.

Celle de S. Jean de Damas n'est guères mieux établie: Bellarmin ayant prouvé que le Sermon sur les morts qu'on en cite, n'est pas de ce Pere; parce qu'il renferme une doctrine contraire à celle des traités qui sont indubitablement de lui. Sur quoi il renvoye à son second livre de la foi, ch. 4. De plus, quel fond ce Saint pouvoit-il faire sur une vision obscure, qu'on disoit s'être passée près de 150 ans avant lui?

L. 2. de Purgat. c. 8.

S. Thomas qui s'appuie sur le faux Sermon de S. Jean Damascene, ne nous donne pas plus de lumiére sur la vérité de cette révélation. Il suppose que Trajan ressuscita à la priére de S. Grégoire, *precibus beati Gregorii ad vitam fuerit revocatus*, ou que sa damnation a

Supp. q. 71. a. 5.

été ſeulement ſuſpendue juſqu'au jour du jugement. *Ejus pæna fuit ſuſpenſa ad tempus.* Ce qui n'accommoderoit pas les Déiſtes.

Quant à ce qui eſt dit dans le faux Sermon de S. Jean Damaſcene, que l'Orient & l'Occident rendent témoignage à cette hiſtoire, cela n'a d'autre ſens, ſinon que cette fable merveilleuſe avoit couru beaucoup de pays : ce qui a été plus que ſuffiſant aux Grecs des derniers tems, grands amateurs des fables, pour l'inſérer dans une oraiſon de leur Eucologe, où toutes fois je ne la trouve pas, comme on l'a inſéré dans les révélations de ſainte Brigite & de ſainte Mathilde. Eucol. du P. Goard.

Gerſon eſt ſi éloigné de nous faire croire l'hiſtoire de Trajan, qu'il veut que dans une viſion tout ſoit vrai, juſqu'à la moindre propoſition, *uſque ad minimam propoſitionem.* Il ajoute dans le même Traité qui eſt ſur les vraies & fauſſes viſions, que ſi la révélation s'écarte dans le plus petit point de la véritable doctrine, cette révélation eſt déslors une fauſſe monnoie.

Il eſt inutile d'examiner ici le ſentiment de Ciaconius, & de Toſtat, Evêque d'Avila. Il y a longtems qu'on a accuſé ce dernier d'une erreur plus grave que celle dont il eſt ici queſtion; puiſqu'on prétend qu'il a cru qu'avant l'Incarnation les Philoſophes payens ont été ſauvés par le mérite prétendu de leurs œuvres. Mais cette autorité ne peut ſervir de rien à nos Philoſophes; puiſque le même Toſtat reconnoît que depuis l'Incarnation, la foi explicite en Jeſus-Chriſt, eſt abſolument néceſſaire pour être ſauvé.

Enfin ou cette hiſtoire de Trajan eſt vraie ou elle eſt fauſſe. Si elle eſt fauſſe, elle ne peut servir de rien : si elle est vraie, il y a un enfer où tombent ceux qui n'ont pas cru en Jésus-Christ. Que les Déistes prennent donc garde à eux.

Nous n'avons garde, répondis-je, de faire fond sur cette révélation. Ce qui nous en plaît, c'est de trouver des suffrages pour le salut des Payens.

Vous voilà bien avancés, dit le Docteur, quand vous auriez pour vous un Tostat, un Ciaconius qui auroient cru que Trajan a été délivré de l'enfer par les priéres de S. Grégoire. Cela peut-il servir à prouver le salut des Payens & des Déistes leurs confreres ?

En vérité, dit mon ami, le Martyrologe de M Marmontel doit être bien ample.

Vraiment oui, il l'est, dit le Docteur ; & c'est pour l'augmenter encore davantage, qu'il a composé son Belisaire. Malheureusement ses Saints sont de la condition de ses Héros Déistes. Ils s'en iront tous en fumée, dès le moment que l'Auteur sortira des ténebres où son Déisme l'a précipité.

Cela est concluant, dis-je au Docteur ; je l'avoue. M. Marmontel a mal pris ses exemples. Mais cela peut-il ébranler sa thése générale, qu'il appuie même de l'autorité des Peres de l'Eglise. *Ils ont décidé*, ainsi qu'il
P. 237. le remarque, *que Dieu feroit un miracle, plutôt que de laisser mourir hors de la voie du salut celui qui auroit fidélement suivi la Loi naturelle.*

Que vous êtes bon ! repliqua le Docteur, de vous arrêter à des mots vagues & qui n'expliquent rien. Tout cela n'est qu'une illusion. Rien ne mérite la grace, parce qu'elle est gratuite. S. Thomas dit bien, que Dieu donne la grace à celui qui fait tout ce qu'il peut ; *Facienti quod in ſe eſt, Deus non denegat gratiam* ; mais il l'explique d'un homme qui eſt mu & qui agit par la grace même. *Cùm dicitur homo facere quod in ſe eſt, dicitur hoc eſſe in poteſtate hominis, ſecundum quod eſt motus à Deo.* Et quant à cette *voie de ſalut* où la grace conduit, qu'eſt-elle autre choſe, ſinon la foi en Jeſus-Chriſt, ſans laquelle on ne peut être ſauvé. Tel eſt le ſentiment des Peres de l'Egliſe, qui, comme vous voyez, ne peut appuyer en aucune ſorte celui de M. Marmontel. Remarquez auſſi que l'Auteur donne à Juſtinien deux titres bien diſtincts, afin qu'on ne les confonde pas ; celui de *fanatique* qui ſignifie viſionnaire, & celui de *perſécuteur*. Au jugement de ce Philoſophe, c'eſt une grande illuſion que l'Univers ait cru ce qu'il a vu, des morts reſſuſciter, des muets parler, des ſourds entendre. Pour n'être pas fanatique, chacun doit croire à ſa tête. Qu'on voye par-là qui des Chrétiens ou des Déiſtes mérite mieux le titre de fanatique.

S. Th. 1. 2. q. 109. a. 6.

P. 237.

Je trouverois volontiers, dis-je au Docteur, que ces endroits de Beliſaire que vous réfutez, ſont aſſez foibles ; s'ils n'étoient liés à des raiſonnemens profonds qui en ſont la baſe & le garant. Que je vous en cite un des plus forts. Chaque mot mérite d'être peſé. *Dieu nous a donné deux guides*, dit-il, *qui doivent être d'accord enſemble, la lumiére de la foi & celle du ſentiment. Ce qu'un ſentiment naturel & irréſiſtible nous aſſure, la foi ne peut le deſavouer. La révélation n'eſt que le ſupplément de la conſcience ; c'eſt la même voix qui ſe fait entendre du haut du ciel &*

P. 238.

du fond de mon ame. Il n'est pas possible qu'elle se démente ; & si d'un côté je l'entends me dire, que l'homme juste, bienfaisant, est cher à la Divinité, de l'autre elle ne dit pas, qu'il est l'objet de ses vengeances.

Que ces paroles, dit le Docteur, ne vous effraient pas ; je vais vous les réduire tout-à-l'heure à leur juste valeur. J'y remarque d'abord la contrainte d'un Déiste qui veut se menager. Il auroit voulu dire que la révélation n'est qu'une chimere. Mais cette franchise auroit tout gâté. Il a mieux aimé supposer la révélation, la mettre ensuite aux prises avec la raison, & favoriser tellement dans ce combat dont il s'est rendu le maître, la raison contre la révélation, que ceux qui ignoreront le fin de cette comédie, puissent conclure en eux-mêmes, qu'il n'y a point de révélation, & qu'il ne faut suivre que la raison. Ce n'est pas mal s'y prendre..

Un moment, dis-je au Docteur en l'interrompant. Seroit-il possible que M. Marmontel usât de supercherie dans le paralléle qu'il fait de la révélation avec la raison ?

Que vous êtes prompt ! dit le Docteur, attendez, j'allois vous le montrer. Oui, Monsieur, il en use ; ou il faudra dire qu'il a écrit à l'aventure ce qui lui est venu dans l'esprit. C'est un de ses artifices, lorsqu'une erreur lui tient à cœur, & qu'il ne sçait comment s'y prendre pour la soutenir, de la joindre à une vérité claire & incontestable, qu'il fait marcher de pair avec cette erreur, & qu'il lui donne pour compagne & pour protectrice. Il se met ensuite dans de grands mouvemens, pour prouver cette vérité que personne ne lui conteste ; & il conclut enfin que cette erreur, par une heureuse concomitance, est prouvée aussi. En voici la preuve. Les Payens, selon lui, peuvent se sauver dans leur religion. Aristide, Caton, Trajan, Marc-Aurele, sont au rang des bienheureux. Voilà son erreur, ainsi que vous l'avez vu. Comment s'y prend-il ensuite pour prouver cette erreur? Il fait ce que j'ai dit. Il joint finement, & sans qu'on s'en apperçoive, une vérité incontestable à cette erreur, en disant: que *l'homme juste, bienfaisant est cher à la Divinité.* Après cela il compte que tout est fait: l'erreur qu'il a avancée est prouvée: il est démontré que les héros Payens seront sauvés.

Mais je dirai à M. Marmontel, que s'il veut parler pertinemment sur cette matiére, il n'a qu'à recommencer son chapitre quand il voudra: & afin qu'il ne s'égare pas une seconde fois, ce qui vraisemblablement pourroit encore lui arriver, je lui distinguerai ici par ordre, tout ce qu'il a à prouver; pour qu'il puisse conclure le salut des Payens. Il faut qu'il montre ce que c'est que l'homme juste, & qu'il mette dans cette définition, non seulement l'amour de Dieu en général; car sous ces termes généraux, on entend tout ce qu'on veut; mais ce que renferme naturellement cet amour; sçavoir, la connoissance de Dieu, la pensée fréquente de Dieu, l'adoration, la louange, l'action de graces, le desir de lui plaîre, l'horreur du vice, le combat de l'esprit contre les desirs injustes de la chair, la priére, l'humilité. Quand il en sera venu-là, tout ne sera pas fait. Il faut qu'il fasse voir que toutes ces dispositions se sont trouvées dans les Payens qu'il lui plaît de mettre en Paradis; sans que cette corruption de cœur qui est capable de gâter les meilleures œuvres, ait dégradé ces heureuses dispositions. Et parce que ce point lui seroit un peu trop difficile à prouver, il faudra qu'il démontre par les principes de la raison naturelle, ou que Dieu ne peut tenir compte de ce malheureux mêlange; ou qu'il fera grace aux coupables. De tous ces points bien discutés, bien éclaircis & bien démontrés, sortira ensuite naturellement cette assertion de M. Marmontel, qu'un sentiment naturel & irrésistible l'assure, qu'on peut se sauver dans toutes les religions. Mais qu'il prenne garde comment il tournera tout cela. M. Marmontel devroit plus qu'aucun autre se méfier de lui-même sur ces sortes de matiéres; & se souvenir qu'il nous a déja donné pour des hommes justes qui jouissent de la gloire céleste, des gens qui ont été des ivrognes & des sodomites; & conclure sagement par cette preuve de son ignorance, à être un peu plus réservé une autre fois, & à se rendre disciple avant que de faire le maître.

O! M., dis-je au Docteur, vous êtes tout en feu.

Je ne vous le cache pas, me répondit il; je suis outré de douleur de voir tant de foiblesse, jointe à tant d'arrogance. Car enfin voilà un homme qui se donne un air si important, qu'il seroit capable de faire peur aux gens, si on n'y prenoit pas garde. Vous allez voir avec quelle fierté, il va nous ramener encore son sentiment irrésistible. Il en est tout plein. Il compte avoir fait la plus belle découverte du
P. 238. monde. *C'est cette voix*, dit-il, *qui m'annonce un Dieu, qui m'en prescrit le culte, qui me dicte sa loi.* C'est-à-dire, je vois par un même regard, dans un principe unique, ces deux choses disparates, qu'il y a un Dien, & que les

Payens feront fauvés. Et tout enchanté qu'il eft d'un fi beau principe, il ajoute : *Dieu auroit-il donné l'afcendant irréfiftible de l'évidence, à ce qui ne feroit qu'une erreur ?* Cela n'eft-il pas bien concluant ! Puis faifant le Prédicateur, *ô vous*, dit il, *qui que vous foyez, laiffez-moi ma confcience, elle eft mon guide & mon foutien. Sans elle je ne connois plus le vrai, le jufte, ni l'honnête : le menfonge & la vérité, le bien & le mal fe confondent ; je ne fçais plus fi j'ai fait mon devoir, s'il y a des devoirs.* C'eft-à-dire, je fuis perdu, fi vous ne convenez avec moi, que des gens qui ont adoré les idoles feront fauvés. Il continue, tant il eft en train. Je vois qu'*une religion*, dit-il, *qui m'annonce un Dieu propice & bienfaifant, eft la vraie, & que tout ce qui répugne à l'idée & au fentiment que j'en ai conçu, n'eft pas de cette religion.* Cela fignifie : *Je vois qu'une religion* que je me fuis faite, & *qui m'annonce un Dieu propice & bienfaifant* envers des gens qui ne fe font jamais mis en peine de lui plaîre, *eft la vraie* religion, *& que tout ce qui répugne à l'idée* abfurde, *& au fentiment que j'en ai conçu*, par un étrange renverfement de mon efprit, *n'eft pas de cette* vraie *religion* : parce que je ne veux pas me donner la peine de définir, ni en quoi confifte la vraie juftice, ni de chercher fi elle s'eft jamais trouvée dans les heros Payens.

Ibid.

Ibid.

P. 240.

Il la définit, répondis je au Docteur. Jugez en vous même. *Aimer Dieu*, dit-il, *& fes femblables, quoi de plus fimple & naturel ! vouloir du bien à qui nous fait du mal, quoi de plus grand & de plus fublime ! Ne voir dans les afflictions que les épreuves de la vertu, quoi de plus confolant pour l'homme !* S. Paul parle-

P. 240.

roit-il mieux ? Je ne crois pas, M., que vous puissiez répondre à cette objection.

Le Docteur leva les épaules. Vous croyez, me dit-il, que cela soit capable de le défendre ? Au contraire cette objection se tourne contre lui. Car s'il croit que pour être juste, il faut aimer Dieu & ses semblables, il doit conclure que les Payens qui n'ont pas connu
Rom. I. 23. Dieu, & qui *ont transferé*, comme dit saint Paul, *l'honneur qui n'est dû qu'au Dieu incorruptible*, à des idoles muétes, ou à des animaux immondes, n'ont pas aimé Dieu ; & qu'ainsi ils n'ont pu échaper à la vengeance du juste Juge. Et quant aux Philosophes qui se sont élevés au-dessus de l'erreur du peuple, il doit croire qu'ils n'en étoient que plus coupables, d'imiter le peuple dans l'idolâtrie par une hipocrisie détestable. Socrate lui même, remarque saint Augustin, adoroit les idoles avec le peuple.
De verâ Relig. c. 2. *Ipse Socrates cum populo simulachra venerabatur.* Aprés tout que M. Marmontel nous montre parmi ces Payens, un homme doué des vertus dont il parle. Il en a cherché partout sans pouvoir en rencontrer un seul, quelques diligences qu'il ait faites : de sorte que désespérant totalement d'être plus heureux en se donnant de nouvelles peines, il a trouvé plus court de nous offrir pour modéles des gens que nous trouvons coupables de crimes horribles ; tant il connoît peu en quoi consiste la vraie justice ; & tant il prend à contre sens les vertus mêmes dont il parle.

Ne pensez pas, répondis-je, que M. Marmontel soit si fort entêté à défendre Aristide, Caton, Trajan, Marc-Aurele. La fin derniére de son ouvrage est de montrer que les Déistes peuvent se sauver. S'il fait le portrait de l'hom me juste, ce n'est que pour mettre au jour les vertus qui peuvent convenir aux Déistes. Or pouvez-vous nier que les vertus dont il vient de parler, ne puissent leur convenir ? C'est à cela que je vous prie de répondre. Et prenez garde, Monsieur : n'allez pas me dire que les Déistes n'ayant pas la foi, ne peuvent être justes. Ce seroit supposer ce qui est en question. De trois vertus théologales, ces Messieurs ne prennent que l'espérance & la charité, en les dépouillant même de toute surnaturalité, pour les mettre plus à leur portée. Où est leur tort ?

L'objection est bonne, dit le Docteur. Vous avez de l'esprit. Jamais M. Marmontel n'a poussé les choses si loin. Je veux bien répondre à votre objection, en laissant à part, comme vous le desirez, les preuves que me fournit la révélation. Il faut que j'imite S. Paul, & que *je me rende foible avec les foibles, pour gagner les foibles.* Voici donc ma réponse, aussi courte qu'elle est tranchante. M. Marmontel n'a qu'à prouver qu'un Déiste peut par les seules forces de sa Philosophie, vaincre la corruption de son cœur, se donner à soi-même la charité avec toutes ses suites, parvenir à la certitude, d'avoir réussi dans un si grand ouvrage, & que Dieu ne voit dans le fond intime de son ame, que ce qu'il y voit lui-même, & je lui accorderai que les Déistes peuvent se sauver. Jusqu'ici il ne le prouve pas ; il ne prouve donc rien, & son prétendu sentiment naturel & irrésistible n'est qu'une chimére.

1. Cor. 9. 22.

A ce compte, dis-je au Docteur, les Déistes ne pourront donc point s'assurer par leur seule lumière naturelle, qu'il y ait des justes sur la terre, même dans le Christianisme.

Vous êtes malin ! répondit le Docteur ; non, ils ne pourront point s'en assurer par leur seule lumière naturelle. Cela est si vrai, qu'il n'y a personne dans le Christianisme qui puisse se dire juste. Ce point est décidé par l'Ecriture & les Conciles : & s'il est certain qu'il y a des justes dans l'Eglise, c'est par un principe qui est étranger aux Déistes, & qui ne leur peut servir de rien ; puisqu'ils n'admettent ni la révélation, ni les promesses. Car enfin ce n'est pas à l'homme à se juger soi-même. La qualité de juge dans ces matiéres hautes & profondes, n'appartient qu'à Dieu ; parce que lui seul sonde les cœurs & les reins, & est capable de peser dans une juste balance les actions des hommes.

Vous avez beau dire, répondis-je au Docteur : je conçois que je puis être juste, & qu'il n'est pas nécessaire que je sois perdu.

Cela est vrai, dit le Docteur. Tenez-vous-en là. Mais concevez vous ensuite avec la même évidence, ce qu'il faut faire pour être juste, & n'être pas perdu ? Concevez-vous avec la même clarté, qu'on peut se sauver dans toutes les religions ? Vous connoissez-vous vous-même ? Avez vous sur tout cela un sentiment aussi clair, aussi naturel, & aussi irrésistible, que vous l'avez pour croire que Dieu ne perdra pas l'homme juste, & que vous pouvez vous sauver ?

Non, répondis je, mon évidence n'est pas égale de part & d'autre.

Si elle ne l'est pas, dit le Docteur, vous ne pouvez assurer qu'on peut se sauver dans le Déisme, & vous devez abandonner M.

Marmontel, comme un très-mauvais Philosophe.

Je trouve pourtant bien du bon sens, répliquai-je, dans cette objection de Belisaire : *Est-il besoin*, demande-t-il, *qu'il y ait tant de réprouvés*? Que cela est bien dit, Monsieur ! P. 241.

Il a voulu rire, dit le Docteur, & faire rire les autres par cette demande, quoiqu'il s'agisse d'une matiére très-grave & très-sérieuse. Ne sçavez-vous pas qu'il est ordinaire aux Philosophes de faire les agréables de temps en temps, afin qu'on lise leurs brochures ? Il avoue lui-même qu'il y a des méchans. Demandez-lui s'il est besoin qu'il y en ait tant, il se mocquera de votre simplicité.

Cela forme une grande difficulté, lui répliquai-je, qu'il y ait des méchans sur la terre. On ne sçait d'où ils sont venus ; & comment Dieu a fait, pour permettre un si grand désordre. Je crois qu'on ne peut s'en tirer, que par la solution de l'*Optimisme*. Aussi M. Marmontel y passe-t-il tout de suite ; tant son esprit élevé voit la liaison des choses. Ecoutez-le parler : *Moi*, dit Belisaire, *je suis certain que Dieu ne punit, qu'autant qu'il ne peut pardonner : que le mal ne vient point de lui, & qu'il a fait au monde, tout le bien qu'il a pu.* Il met ensuite cette note : *On attribue ici à Belisaire, l'opinion des Stoïciens, adoptée par Leïbnitz & par tous les Optimistes.* Ibid.

L'Optimisme, dit le Docteur, est la honte de l'esprit humain qui a été capable de le produire. L'ignorance du péché originel & de ses suites, & la difficulté de concevoir cette doctrine, ont donné occasion à ce sistême impie. On n'a pas voulu reconnoître cette source de nos malheurs. On a vu l'homme enclin au mal, denué de vertus, dégradé par mille vices, accablé de miséres. On n'a pu allier cet état avec une origine qu'on a supposé innocente, ni avec la justice d'un Dieu qui ne ne peut punir des innocens. Qu'ont fait les Philosophes? Pressés dans un détroit aussi difficile, ils ont tout livré à une fatale néceſſité, en soutenant que les choses ne pouvoient aller autrement. De-là est sorti l'Optimisme, bien énoncé par ces paroles: *Dieu a fait au monde, tout le bien qu'il a pu.*

On n'a pas manqué ensuite de chercher des raisons, pour donner à ce systême révoltant une apparence de vérité. La sagesse de Dieu, a-t-on dit, le porte à faire ce qu'il y a de mieux. Il faut que ses œuvres portent le caractére de ses perfections. Dieu a fait le monde le plus parfait, parce qu'il y a plus de sagesse dans un monde plus parfait, que dans celui qui est moins parfait, & que Dieu aime plus les créatures plus parfaites, que les moins parfaites. Il n'a pu faire autrement; sa sagesse a borné en cela sa puissance.

Quelles pitoyables raisons! qui dégradent la Divinité, qui assujettissent Dieu à une certaine maniére d'agir, à un moyen plutôt qu'à un autre; comme si sa perfection ne le rendoit pas indépendant de tous les moyens extérieurs; & qu'il ne trouvât pas également sa propre gloire à agir au dehors, ou à ne pas agir; à agir d'une maniére ou d'une autre; à rendre ses créatures plus ou moins participantes de ses divines perfections. Si on disoit que le monde est aussi parfait qu'il peut l'être, relativement au dessein de Dieu, cela seroit très-vrai; parce qu'il exprimeroit cette vérité certaine, que Dieu en créant le monde, a parfaitement exécuté son dessein. Mais de dire que la perfection absolue du monde ne peut être plus grande; c'est une folie qui pour être métaphisique, n'en est pas moins réelle. On peut la réfuter par la perfection des arts & des sciences, par les différens dégrés d'esprit & d'ouverture qui sont dans les hommes, par la création de l'univers, &c. Car il faut dire nécessairement ou que le monde est éternel, ce qui est une erreur absurde; ou que si Dieu l'eût créé plutôt, cela auroit été mieux que de le créer plus tard, ce qu'il n'a pas fait néanmoins, & ce qui est contre l'Optimisme. Il en est de même des arts & des sciences....

Un moment, je ne suis pas au fait, dit mon ami au Docteur, en l'interrompant, de ces vérités métaphysiques. Si vous vouliez me dire des choses plus proportionnées, je vous serois bien obligé. M. Marmontel avance que *Dieu a fait au monde tout le bien qu'il a pu*; que répondez-vous à cela, Monsieur?

Je reponds, dit le Docteur, que si Dieu a fait au monde tout le bien qu'il a pu, sa puissance est donc bornée, & tellement bornée qu'il n'a pu empêcher M. Marmontel de donner au Public son Belisaire. Car s'il l'avoit pu empêcher, & qu'il eût réduit son pouvoir en acte, la France ne seroit pas en possession d'un si bel ouvrage; & alors il seroit faux, contre l'hypothése de M. Marmontel, que Dieu eût fait à ce Royaume tout le bien qu'il auroit pu. Que la Philosophie est une belle chose! Dieu a créé le ciel & la terre, & il n'est pas maître d'un soi-disant Philosophe caché dans un coin de Paris! Il est l'Eternel, & il a moins de liberté envers les êtres qu'il a formés, qu'un artisan dans son attelier. Qu'on l'invoque dans les batailles, qu'on le remercie dans les victoires, qu'on lui demande la pluie, le beau temps, la santé; Dieu qui sçait qu'il ne peut rien changer dans l'ordre des choses, se mocque de la simplicité des hommes, & n'approuve que la sagacité des Philosophes, & sur-tout de M. Marmontel, qui par son *Optimisme* s'est élevé jusques à son secret. Il faut bien que le Dieu des Déistes soit un Idole; puisque le Dieu des Chrétiens est plus parfait.

J'entends bien à présent, dit mon Ami: il n'y a point de réponse à cela. Mais, Monsieur, je voudrois sçavoir s'il y a eu des Philosophes payens qui se soient déclarés contre l'Optimisme.

C'est une chose indubitable, dit le Docteur, qu'il y en a. L'Antioptimisme est la voix de la nature. Homere dans son Iliade donne à son Jupiter une puissance arbitraire. *Jupiter autem viris augetque, minuitque, prout voluerit.* Orphée confesse sa toute-puissance. *Jupiter pater, tuam potestatem scimus omnes.* Il lui demande ensuite la félicité, la santé, & jusqu'aux pensées joyeuses. *Et vitam latis semper florentem cogitationibus.*

Hésiode reconnoît dans ce même Dieu le pouvoir d'élever & d'abaisser à son gré. *Facilè extollit, facilè elatum deprimit, superbum arefacit.*

O l'affreux systême, dit mon Ami! Quoi! M. Marmontel qui a donné à Dieu le juste attribut d'*incompréhensible*, lui ôte maintenant par son *Optimisme* la liberté envers ses créatures?

Oui, reprit le Docteur. Les Philosophes qui rejettent les mystéres révélés de Dieu, nous en révelent d'autres en échange, qui blessent le sens commun ; & le tout sans la moindre preuve. Jugez par-là si leur Philosophie n'est pas bien attrayante.

Avouez, du moins, dis-je au Docteur, que si les preuves de M. Marmontel sont foibles contre la foi chrétienne, il n'en est pas de même de celles qu'il apporte pour établir la tolérance de toutes les Religions. Entrons, je vous prie, dans cette nouvelle matiére, qui est comme le second point de son sermon. Sans cela votre examen ne seroit pas complet. Voici de quelle sorte il débute : *Si la* P. 248. *violence & la cruauté*, dit-il, *mettent la flamme & le fer à la main* du Souverain. *Si les Princes qui professent la* Religion, *faisant de ce monde un enfer, tourmentent au nom du Dieu de paix, ceux qu'ils devroient aimer & plaindre ; on croira de deux choses l'une, ou que leur Religion est barbare comme eux, ou qu'ils ne sont pas dignes d'elle.*

Arrêtez-vous-là, s'il vous plaît, dit le Docteur. Vous remarquez fort-à-propos que l'Auteur entame ici une nouvelle question. En effet, aprés avoir proposé la Religion des Déistes, comme étant la seule raisonnable, il nous apprend l'obligation où sont les Souverains, à ce qu'il prétend, de ne point les gêner dans le dessein qu'ils ont de faire des prosélites. Assurez-vous d'avance que cette seconde partie de son chapitre vaut aussi peu que la premiere ; & qu'elle ne lui céde ni en équivoques, ni en sophismes, ni en mauvaise foi. L'échantillon que vous venez de m'en donner, en est lui-même une preuve. On ne sçait d'abord à qui il en veut. On croiroit, à l'entendre parler, que tout est en feu, & qu'il vient de s'élever une grande persécution, pour obliger tout le monde à penser d'une maniére uniforme sur la Religion. Cependant les Déistes sont à Paris & ailleurs, le plus tranquillement du monde; ils vont & viennent sans que personne leur dise rien. A quoi bon par conséquent cette invective contre les Princes, qui font, dit-il, de ce monde un enfer?

L'Auteur veut, répondis-je, qu'un Déiste soit aussi libre à publier sa doctrine, qu'un Prédicateur du Carême l'est à publier la foi. Il veut qu'un Prince mette tout de niveau; qu'un Philosophe ne soit pas gêné & obligé à ne parler qu'à-demi mot: que la foi & la raison n'aient pas plus de protection l'une que l'autre; & que chacun ensuite se défende comme il pourra. Cela n'est-il pas juste?

Nous l'allons voir, dit le Docteur. J'aurai le plaisir de vous montrer un Philosophe qui se tourne de tous côtés, qui sue, qui met en mouvement tous les nerfs de son éloquence, & tout cela pour ne rien prouver. Mais distinguons auparavant trois questions différentes, pour nous fixer à celle qui forme seule le point important; afin d'y ramener M. Marmontel toutes les fois qu'il s'en écartera. Car il faut que vous sçachiez qu'il use ici de la même supercherie dont j'ai parlé plus haut. Il vous montre une vérité: il lui donne pour compagne une erreur; & comme si ces deux choses étoient solidaires l'une pour l'autre, il conclud en faveur de l'erreur, tout ce qu'il a conclu en faveur de la vérité. C'est sa Philosophie.

Premierement, la question n'est pas, si un

Souverain doit employer le glaive pour forcer les Infidéles à être Chrétiens. L'Eglise a toujours pensé qu'il ne le peut ; & elle a regardé ces conversions forcées, comme le fruit d'un zèle mal réglé. Voyez là-dessus en particulier, le quatriéme Concile de Tolède, & S. Thomas dans sa 2. 2. q. 10. a. 8.

Secondement, la question n'est pas si un Souverain peut infliger des peines à ceux qui abandonnent l'unité de l'Eglise ; jusqu'à ce qu'ils y rentrent. Car on ne dit rien aux Déistes, tant qu'ils ne sont pas remuans, & qu'ils ne dogmatisent pas.

Troisiémement, la question est de sçavoir si un Prince a droit de maintenir dans ses Etats l'unité publique & extérieure de dogme & de culte, en punissant les rebelles qui en altérent la pureté, par leurs discours & leurs écrits. Voilà de quoi il s'agit. Ecoutons à présent M. Marmontel, & donnons-nous la satisfaction de le voir circuler tout au tour de cette question, qui est la seule qui lui tienne à cœur ; sans que jamais il ose y entrer dedans.

Il commence par vous distinguer *les vérités mystérieuses*, des vérités de *sentiment*. Il a grand soin de vous faire remarquer que Dieu les a *détachées* les unes des autres. D'où il conclut, que puisque *la Providence a vendu indépendant de ces vérités sublimes, l'ordre de la société des hommes, le destin des Empires, les bons & les mauvais succès des choses d'ici-bas, les Souverains* doivent *faire comme elle*. Telle est la sagacité de ces génies sublimes qui se décorent du nom de Philosophes. Ils vous manient une vérité, ils l'approfondissent, & en creusant ils trouvent ces vérités vives & primordiales, qui avoient échappé aux esprits

P. 243.
P. 244.

ſubalternes ; entraînant ainſi le conſentement par la force & l'éclat de leurs ſublimes découvertes. Remarquez combien il eſt beau de voir Dieu qui prend ſes meſures, & qui pouvant faire dépendre les vérités myſtérieuſes des vérités de la morale, & les unir entre elles par un lien naturel & viſible, a eu la condeſcendance de les détacher adroitement les unes des autres ; afin de devenir par là le modéle des Princes qui doivent à ſon exemple maintenir cette déſunion, ſelon M. Marmontel, ou leur juge inéxorable, s'ils s'aviſent d'unir ce qu'il a ſéparé ; c'eſt-à-dire d'exiger, pour venir tout d'un coup au point dont il s'agit, que les Déiſtes n'écrivent point contre la Religion, & que M. Marmontel ſupprime ſon Beliſaire.

Je n'entre point dans la queſtion, ſi la foi eſt liée aux mœurs. Je ne montrerai point non plus qu'en fait des mœurs & de la fidélité due au Prince, la foi ſeule préſente à l'homme des motifs fermes & élevés au-deſſus de ſes paſſions ; qu'elle l'attache à ſes devoirs, par le ſeul amour de Dieu ; & jette par-là le fondement ſolide du repos des Etats, & de la tranquillité publique. Je ne dirai point auſſi que celui qui croit à l'Evangile, a une bâſe ferme pour ſoutenir ſes mœurs, que n'a pas le Philoſophe dont la raiſon foible & aveugle lui fait donner pour des actions indifférentes, les crimes les plus abominables. Enfin je ne prétends prouver, ni par l'Evangile, ni par l'hiſtoire, ni par les effets de la foi chretienne, que Dieu ſe mêle de ceux qui lui ſont fidéles, & qu'un Royaume ne peut être vraiment heureux, qu'autant qu'il eſt Chrétien. Toutes ces vérités ſoutenues des preuves de la révélation, fourniroient de grands moyens pour ramener M. Marmontel de ses égaremens. Je me contente de montrer ce qu'un Prince Chrétien répondroit au raisonnement de M. Marmontel. Séparez, lui diroit-il, tant que vous voudrez les mystéres de la Morale : je ne veux point de Déistes qui fasse cette séparation publiquement. Mon Royaume est chrétien. Nous sommes tranquilles. Nous voulons l'être. L'Evangile nous suffit. Nous n'avons que faire de votre Belisaire ; & si j'apprends que vous fassiez un second livre aussi méchant que le premier, comptez que sans vous obliger à unir les mystères à la morale, j'unirai le châtiment à votre témérité. Ce Prince ne parleroit-il pas bien ?

A merveilles, dit mon ami. C'est la meilleure réponse qu'il peut donner.

Voyons la suite, continua le Docteur, peut-être que Belisaire parlera mieux. Il dit qu'*un Prince doit être le ministre de la bonté de Dieu, & laisser au demon l'infernal emploi des ministres de ses vengeances.* Cela signifie : un Prince qui forcera les Déistes à se taire, sera le ministre du diable. Voit-on l'insolence des Philosophes, & le peu de respect qu'ils ont pour les Princes Chrétiens ? A les en croire, le demon pousse les Souverains à imposer silence aux Déistes ; sans doute parce que cet esprit infernal a tant de charité, qu'il a peur que ces Messieurs ne corrompent les mœurs par leurs écrits pleins d'impiété. Est-il possible qu'un homme qui se pique d'avoir de l'esprit, n'ait pas pu comprendre, qu'un Souverain sera le ministre de la bonté de Dieu, en faisant taire de prétendus Philosophes, qui prêchent contre la foi com-

P. 244.

mune, qui divisent les esprits, qui sement des troubles ?

Les autres raisons qu'il apporte ne valent pas mieux. Je les compare à ces échaffaux composés de mauvaises piéces : les étais manquent, & tout tombe par terre. Ecoutez-les bien, & ramenez toujours la conclusion qu'il tire, quoique avec timidité & sans trop se montrer ; tant il en est honteux. Vous verrez à nud la brillante Logique de ce Philosophe.

P. 245. Si vous *donnez*, dit-il, *le glaive à la verité, vous le donnez à l'erreur.* Concluez : donc il est permis aux Déistes de crier contre la religion commune d'un Royaume.

Ibid. *Il suffira*, dit-il, encore *d'avoir l'autorité en main, la persécution changera d'étendard & de victime, au gré du plus fort.* Concluez : donc il est permis aux Déistes de crier contre la religion commune d'un Royaume.

Ibid. Il ajoute : *Lequel des deux Princes*, dont l'un est Chrétien, & l'autre ne l'est pas, *est sûr que le sang qu'il fait couler est agréable à l'Eternel* ? C'est-à-dire, je décide moi Philosophe, que la Religion Chrétienne n'a rien de certain. Concluez : donc il est permis aux Déistes de crier contre la religion commune d'un Royaume.

Ibid. Il continue. *Dans les espaces immenses de l'erreur, la vérité n'est qu'un point.* C'est-à-dire, tel est mon sentiment : quoiqu'il y ait autant de vérités que d'erreurs ; parce que je veux faire entendre que la vérité est difficile à trouver ; afin qu'on ne s'en mette pas tant en peine. Concluez : donc il est permis aux Déistes de crier contre la religion commune d'un Royaume.

Il va plus loin. Car il prétend renforcer toutes ces preuves déja ſi belles , par ces paroles qui lui ont paru tout-à-fait tranchantes. *Chacun prétend*, dit-il, *qu'il a ſaiſi la vérité*; *mais ſur quelles preuves*? Pitoyable demande! s'imagine-t-il, qu'on ira faire un traité exprès, à cauſe de cette ligne qu'il a miſe dans ſon livre? Nos preuves ſont données. Qu'il apporte les ſiennes, lui qui prétend montrer qu'un Prince doit laiſſer crier les Déiſtes , contre la foi commune de ſes peuples. P. 245.

Cependant M. Marmontel qui n'a pu s'empêcher de ſentir que toutes ces preuves n'étoient pas grand choſe, en a cherché une derniere, qui peut ſubſiſter au défaut de toutes les autres. Il la propoſe en ces termes déciſifs: P. 245. 246. *Et l'évidence même*, dit-il, *met-elle en droit le Prince d'exiger, le fer à la main, qu'un autre ſoit perſuadé* des myſteres de la Religion Chrétienne? Quelle énergie dans les expreſſions! *Tourmenter*, *maſſacrer*, *faire couler le ſang*, avoir *le fer à la main*, & tout cela pour marquer la peur qu'ont les Déiſtes, qu'on ne les châtie tant ſoit peu, pour leur apprendre à être ſages. A ſon avis, quelques évidentes que ſoient les preuves de la Religion; quoique Dieu ait parlé, il doit être permis aux Déiſtes de s'élever contre Dieu & contre la Religion, & de ſcandaliſer l'Egliſe & l'Etat, ſans que le Prince ait mot à dire. C'eſt M. Marmontel qui oſe tenir ce diſcours, au milieu de la Capitale du Royaume, avec approbation & privilége du Roi. Je ne deſire pas qu'on le *maſſacre*, qu'on le pourſuive *le fer à la main*, qu'on *faſſe couler* ſon *ſang*. Dieu le conſerve toujours en parfaite ſanté. Mais ne m'eſt-il pas permis de deſirer qu'on le faſſe taire?

Voilà, certes, dit mon ami, de beaux Philosophes ! Et on dit après cela que ces gens-là ont de l'esprit ?

Ils en ont, ils en ont, dit le Docteur; mais c'est un esprit gâté & chicaneur. Ce ne sont pas de grands hommes vraiment, on le sçait bien.

Comme vous le menez, dis-je au Docteur ! Voyez donc sur quoi il se fonde pour soutenir qu'un Prince doit laisser parler les Déistes contre la Religion; malgré l'évidence qu'il a, que cette Religion est divine.

P. 246. *La persuasion*, dit-il, *vient du ciel ou des hommes. Si elle vient du ciel, elle a par elle-même un ascendant victorieux. Si elle vient des hommes, elle n'a que les droits de la raison sur la raison. Chaque homme répond de son ame. C'est donc à lui, & à lui seul à se décider sur un choix, d'où dépend à jamais sa perte ou son salut.* Cet argument n'est pas mal poussé.

Ce n'est rien dire, repliqua le Docteur. On convient qu'on ne doit forcer personne à croire les vérités révélées. Mais la question revient toujours, si le Prince apprenant qu'un certain livre appellé *Belisaire*, court les rues, pour infecter du Déisme ses sujets, pourra corriger, avec la bonté d'un Pere, l'Académicien qui l'a composé ? C'est à quoi il faut répondre.

D'où vient, dit mon Ami au Docteur, que M. Marmontel fait dire à Belisaire, que *la perte ou le salut dépend* du choix de la Region, après lui avoir fait dire qu'il *espére* pour ceux qui se trompent sur un tel choix, *en la bonté d'un Pere qui peut faire grace à l'erreur ?*

Cela

Cela vient, dit le Docteur, de ce que M. Marmontel se promenant en brave Philosophe *dans les espaces immenses de l'erreur*, a oublié à la page 246, ce qu'il avoit dit six pages auparavant. Voyez ce que c'est que de faire le Philosophe.

De quoi vous mêlez-vous, dis-je à mon ami? Laissez parler M. le Docteur. Il avoit bien besoin de votre remarque!

Ne vous fâchez pas, répliqua le Docteur. Monsieur parle fort à propos. Ecoutez encore Belisaire: & ne m'interrompez pas, s'il vous plaît; à moins que vous ne trouviez de la difficulté, à ce que je dirai. Je vais répondre à Belisaire, ou à M. Marmontel, (car c'est la même chose,) comme s'ils étoient ici présens. La réfutation n'en sera que plus vive, & moins ennuyante. Après avoir dit ces paroles, il prit le livre en main, & continua de cette sorte.

Belisaire. Vous voulez m'obliger à penser comme vous, & si vous vous trompez, voyez ce qu'il m'en coûte. P. 246.

Le Docteur. Deux faussetés dans une ligne. Personne ne le force à penser comme nous; & s'il pense comme nous, il ne lui en coûte rien. Mais qu'il prenne garde à lui. Si Jesus-Christ a raison, il est perdu.

Belisaire. Vous-même dont l'erreur pouvoit être innocente, serez-vous innocent de m'avoir égaré? Ibid.

Le Docteur. Oui nous serons innocens de vous avoir égaré, si nous sommes innocens, comme vous le supposez, en nous égarant. Venez; vous ne risquez rien d'être Chrétien. Mais vous risquez tout de ne l'être pas.

Belisaire. Hélas! à quoi pense un mortel, de donner pour loi sa croyance? Ibid.

Le Docteur. Nous pensons à nous sauver. Notre croyance est celle de tous les tems. Elle tient par un bout au commencement du monde, & par l'autre à la fin des siécles. Jesus-Christ qui en est l'auteur, l'a établie, non par les vaines subtilités de la Philosophie, mais par l'opération & la force de son esprit. Avec douze pauvres, il a plus fait de disciples en quelques mois, que vous n'en faites depuis cent ans, avec toutes vos brochures. Il a parlé : & il a persuadé plus aisément à des hommes de chair & de sang, de se haïr, que vous ne pouvez leur persuader, malgré le secours que vous prête leur méchanceté, qu'ils ne sont pas obligés de le faire. Il a rendu intrépides tous ceux qui l'ont suivi, jusqu'aux femmes & aux enfans. Mais vous ! un seul Archer qui vous prendroit au collet, vous feroit mourir de peur. Tous ses vrais disciples ont été humbles. Oseriez-vous dire que vous l'êtes ? Pardon, M., me dit il en riant, je ne vous mets pas au nombre des Philosophes. On est entré en foule dans l'Eglise, malgré les barrieres qu'ont opposé les Juifs & les Payens. Vous êtes venus l'un après l'autre par petits pelotons : & seriez-vous en assez grand nombre, vous Ecrivains Philosophes, pour remplir seulement une bourgade ? Il a formé des Saints ; & vous, qu'avez vous formé ? Tous les jours on vous trouve en faute. Par quel endroit êtes-vous recommandables ? Dites-le nous. Où sont les vies de vos Déistes ? Montrez les ; afin que nous puissions imiter vos vertus. Hélas ! chez vous, chacun ne pense qu'à soi. Est-il mort ? on l'oublie ; à moins que quelque livre, sur la Physique, ou les Mathématiques, ne rappelle sa mémoire à quelques gens oisifs.

Et vous, M. Marmontel, permettez-moi de vous le demander, deviez vous venir des bords de la Garonne, pour insulter à la foi de vos Peres, dans laquelle vous avez été élevé ? C'est vraiment à vous qui êtes dénué de toute autorité, qu'on peut dire : *A quoi pense un mortel de donner pour loi sa croyance* ?

Belisaire. Mille autres d'aussi bonne foi, ont été séduits & trompés. Ibid.

Le Docteur. Etes-vous vous-même de bonne foi, Belisaire, en parlant ainsi ? Qui sont-ils ces autres que vous opposez aux Chrétiens, sinon des gens qui n'étoient pas Chrétiens ? Et comment pouvez-vous en conscience, mettre les uns en paralléle avec les autres ; sçachant que ceux-ci n'ont eu d'autre autorité que celle qu'ils ont tiré de leur tête ; & que les Chrétiens s'appuient sur des preuves si fortes & si frappantes, que pour ne pas y succomber, vous vous êtes vu forcé de les mettre toujours à l'écart ?

Belisaire. Mais quand ils seroient infaillibles, est-ce un devoir pour moi de les supposer tels ? Ibid.

Le Docteur. Non ; mais c'est un devoir pour vous, d'examiner les preuves de cette infaillibilité ; & c'est ce que vous ne faites jamais.

Belisaire. S'il croit parce que Dieu l'éclaire, qu'il lui demande de m'éclairer. Ibid.

Le Docteur. On le fait. Mais on desire encore qu'on vous force à vous taire.

Belisaire. Mais s'il croit sur la foi des hommes, quel garant pour lui & pour moi ? Ibid.

Le Docteur. Nous croyons, non sur la foi des hommes, mais sur la parole de Dieu. Vous mettez toujours en doute, ce qui est incontestable. Recourez aux preuves de notre foi. Vous n'avez garde d'entamer cette matiére. Vos discours, vos efforts, tout y échouera.

P. 247. *Belisaire.* Le seul point sur lequel tous les partis s'accordent, c'est qu'aucun d'eux ne comprend rien, à ce qu'il ose décider; & vous voulez me faire un crime, de douter de ce qu'il décide?

Le Docteur. Vous n'entendez pas les choses mêmes dont vous vous mêlez de parler. Nous ne décidons rien; mais nous nous soumettons aux décisions de Dieu. Nous ne vous accordons pas que nous ne comprenions rien: nous disons au contraire que nous comprenons très bien, que lorsque Dieu parle, & qu'il manifeste sa voix avec certitude, nous devons nous soumettre. On vous fait un crime parconséquent à juste titre, de ne pas vous rendre avec docilité, non à nos décisions, mais à celles de Dieu.

Ibid. *Belisaire.* Laissez descendre la foi du Ciel, elle fera des proselites.

Le Docteur. Badinez-vous, ou parlez-vous sérieusement? Si vous badinez sur des choses aussi graves, vous ne méritez que du mépris. Si vous parlez sérieusement, l'Apôtre vous
Rom. 10. 14. répond: *Quomodo credent ei quem non audierunt? Quomodo autem audient, sine prædicante? Comment croiront-ils en Jesus-Christ, s'ils n'en ont point entendu parler? Et comment en entendront-ils parler, si personne ne le leur prêche?* Je ne m'étonne pas que tout vous arrête dans le peu que vous sçavez de la religion; puisque vous ne pouvez pas seulement comprendre, que la Religion étant une fois descendue du Ciel, avec toutes ses preuves, il n'étoit plus nécessaire qu'elle en descendît en-

core ; mais qu'il ſuffiſoit que des hommes revêtus d'une autorité légitime, publiaſſent cette foi avec toutes ſes preuves, qui ſont de nature à ne pouvoir être contrefaites.

Beliſaire. Mais avec des édits on ne fera jamais que des rebelles & des fripons. Ibid.

Le Docteur. Vous vous trompez. Avant les édits les fripons parlent. Après les édits ils ſe taiſent. Que faudroit-il pour intimider tous les Déiſtes, & leur procurer un commencement de ſageſſe ? En faire mettre un à genoux, pour une heure ſeulement, à la porte de ſon Egliſe Paroiſſiale, un ſaint jour de Dimanche ; ayant un écriteau ſur ſon épaule, attaché avec une épingle, où ſeroit le titre de ſon petit livre. O Ciel ! quelle révolution cette légere pénitence ne feroit-elle pas dans ſon ame ! Je crois que ſa philoſophie en trembleroit, juſques dans ſes fondemens.

Je ne parle pas en l'air. On a des preuves de cette heureuſe timidité, & de cette peur inſtructive, capable de faire rentrer dans le devoir, ces Philoſophes vigoureux. L'un d'entr'eux a eu beau dire, que *quelque fort qu'on ſoit, il ne faut jamais ſe faire des ennemis, qui jouiſſant de l'avantage d'être lus d'un bout de l'Europe à l'autre, peuvent exercer d'un trait de plume, une vengeance éclatante & durable.* La vérité eſt, que lui, & un de ſes ſemblables, s'étant vus menés d'une maniére aſſez mortifiante, dans les réponſes qu'on leur a faites, le cœur leur a manqué totalement. Ils ont eu recours à l'autorité comme deux enfans: oubliant tout-à-fait dans cette fâcheuſe rencontre, que *l'Europe* entiere étoit pour eux ; & ne ſçachant comment s'y prendre, pour tirer de ces humiliations, auxquelles ils ne s'étoient point attendus cette *veangeance éclatante & durable*, qui eſt toujours à leur diſpoſition. Il étoit bon d'apprendre quelle corde il faut toucher, pour intimider ces Oracles de notre tems, qui trouvent fort à redire que l'autorité arrête quelquefois leurs écrits, & qui y ont recours eux-mêmes avec une diligence incroyable, pour faire arrêter les écrits des autres.

J'ignore cette hiſtoire, dis-je au Docteur. Comment, Monſieur, ſi je faiſois imprimer le récit de cette converſation, où tout inſpire l'amour & la recherche de la vérité, on arrêteroit mon écrit ?

Soyez tranquille, répondit le Docteur. Quoiqu'il y ait des Philoſophes en France, ceux qui gouvernent reſpectent la Religion. On n'eſt pas trop fâché qu'on humilie de tems en tems ces beaux parleurs, qui n'ayant jamais appris à ſe conduire eux-mêmes, ont néanmoins la vanité de vouloir conduire les autres. Ce que nous diſons d'ailleurs au ſujet de M. Marmontel, eſt ſi doux & ſi tempéré, que lui-même, s'il nous entendoit, donneroit des louanges à notre modération.

Ibid. *Beliſaire.* Les braves gens ſeront martyrs, les lâches ſeront hypocrites, les fanatiques de tous les partis ſeront des tigres déchaînés.

Le Docteur. Si les Edits ſont contre les Déiſtes, il n'y aura point de martyrs. Il n'y en a pas un ſeul parmi eux, qui n'aime mieux ſon repos que la vérité. Leur Evangile les autoriſe a prendre ſelon le beſoin, toutes ſortes de formes, & à ſe faire à tout. D'où il s'enſuit qu'ils ſeront lâches avec les lâches, hypocrites avec les hypocrites, fanatiques avec les fanatiques, & tigres même s'il le faut.

Il n'en est pas de même des pauvres Chrétiens. L'Evangile qu'ils professent, leur prescrit la charité & non la dureté, la sincérité & non l'hypocrisie, la fermeté & non la lâcheté; & leur fait un devoir d'endurer les plus cruels tourmens, & la mort même, plutôt que de trahir leur foi. *Ne craignez point* Luc. 12. 4. 5. *ceux*, dit leur chef, *qui tuent le corps, & qui après cela n'ont plus rien à faire. Craignez celui qui après avoir ôté la vie, a le pouvoir de jetter dans l'enfer.* Un Chrétien hypocrite est un monstre. Un Déiste hypocrite a toujours le même mérite, & n'est pas de pire condition. Les Souverains feroient donc mal de persécuter les Chrétiens; & ils ne risquent rien, en châtiant les Déistes.

Belisaire. Considerez ce sage Roi des Ibid. Goths, ce Théodoric, dont le régne ne le céda que vers la fin, au régne de nos meilleurs Princes. Il étoit Arien; mais bien loin d'exiger qu'on adoptât ses sentimens, il punissoit de mort dans ses favoris, cette complaisance infâme & sacrilége. Comment ne me trahirez-vous pas, disoit-il, moi qui ne suis qu'un homme; puisque vous trahissez pour moi, celui que vos peres ont adoré? L'Empereur Constance pensoit de même; il ne fit jamais un crime à ses sujets, d'être fidéles à leur croyance : il en faisoit un à ses courtisans, d'abjurer la leur, pour lui plaire, & de trahir leurs ames pour gagner sa faveur.

Le Docteur. L'entendez-vous, Belisaire? L'hypocrisie, le mensonge sont des vices si détestables en fait de Religion, qu'un Théodoric Arien, un Constance Chlore payen, ne les ont pu souffrir dans leurs favoris. Avec quelle ſévérité n'auroient-ils donc pas traité les Déiſtes, qui ſe font un jeu de cette hypocriſie ? Et que ſeroit devenu en particulier M. Marmontel, avec ſon chapitre, lui qui donne des preuves à tout inſtant de cette duplicité ? Ne liſez que certains endroits, il eſt Chrétien. Liſez-en d'autres, il eſt Déiſte. Quoi Déiſte & Chrétien tout à la fois ? Non. Mais il falloit mentir, pour procurer à ſon livre un privilége du Roi. Certainement Théodoric auroit mal mené M. l'Académicien.

Mais que veut l'Auteur avec ces deux exemples ? Prétend-il que parce que ces deux Princes ont toléré les Chrétiens, il faut ſouffrir les Déiſtes & les laiſſer dogmatiſer ? La Religion & la politique réſiſtent également à cette prétention. La Religion, parce qu'un Prince Chrétien ne ſe décide par les exemples, que lorſqu'ils tournent à l'avantage de la Religion. Or n'y ayant qu'une Religion véritable, qui eſt la Religion Chrétienne, jamais un Prince religieux ne conclura qu'il faut tolérer les Déiſtes; parce que Conſtance & Théodoric ont ſouffert les Chrétiens. La politique réſiſte auſſi à cette prétention; parce qu'un Prince n'eſt point vis-à-vis les Déiſtes, dans la même poſition où étoient Conſtance & Théodoric, par rapport aux Chrétiens. Ces deux Souverains ne pouvoient faire main baſſe ſur les Chrétiens qui étoient répandus par toute la terre, ſans cauſer une commotion générale dans leurs Etats. Un Prince catholique au contraire peut très-bien reprimer l'inſolence de quelques particuliers, qui attaquent la Religion de ſes Peuples par leurs diſcours & leurs écrits. Que s'il le peut, il le doit; ſon devoir & ſon pouvoir ayant à cet égard une égale étendue.

Pardon, M. dis-je au Docteur, si je vous interromps. Vous ne voulez pas que les Déistes prêchent impunément contre la Religion dominante dans un Etat. Pourquoi donc les Apôtres ont-ils prêché contre celle qui dominoit dans tout l'Empire Romain ? A s'en tenir à votre maxime, les Empereurs payens auroient agi très-justement en persécutant les premiers Prédicateurs du Christianisme. Qu'en dites-vous, Monsieur ?

La plaisante comparaison, dit le Docteur, que vous faites-là des Apôtres avec les Déistes ! Je ne dis pas assez : elle est révoltante. S'il vous plaît d'appeller trouble la prédication de l'Evangile qui n'annonçoit que la paix, à cause du choc de deux Religions qui ne pouvoient aller ensemble, je vous dirai que les Apôtres avoient raison de troubler les Payens dans leur fausse & damnable Religion ; parce qu'ils en avoient reçu l'ordre de Dieu qui est le maître des Rois comme des Peuples ; ordres qu'ils prouvoient sans replique par une infinité de miracles. Que les Déistes montrent les leurs. De plus les changemens prodigieux qui s'opéroient en ceux qui embrassoient la foi, faisoient l'apologie de la prédication Evangélique, & tournoient à l'avantage de l'Empire. Car les plus criminels devenoient doux, chastes, sinceres, charitables, éloignés de toutes sortes de vices. Tertullien défie les Payens de trouver un seul Chrétien parmi les criminels qu'on mettoit en prison. Pline le jeune rend témoignage à leur innocence dans sa lettre à Trajan. Julien l'Apostat les donne pour des modéles de la charité fraternelle. Ammien Marcellin dit que la Religion chrétienne porte toute entiere

L. 22. à la justice & à la douceur. *Quæ nihil nisi justum suadet & lene.* Qui est-ce qui oseroit faire cet éloge des Déistes? Ont-ils jamais pu venir à bout de changer un seul libertin? Hé combien n'en ont-ils pas faits! Il n'y avoit donc que des Empereurs payens qui pussent persécuter les Chrétiens. Comme eux seuls étoient capables de souffrir les Déistes. J'en dirois davantage si votre objection étoit prise de Belisaire. Permettez-moi de le reprendre.

P. 248. *Belisaire.* O plût au ciel que Justinien eût renoncé comme eux au droit d'asservir la pensée! Il s'est laissé engager dans des querelles interminables: elles lui ont coûté plus de veilles que ses plus utiles travaux. Qu'ont-elles produit? Des séditions, des révoltes & des massacres. Elles ont troublé son repos & le repos des Etats.

Le Docteur. Est-ce donc que M. Marmontel a fait vœu de sortir toujours de la question? Il ne s'agit pas du zèle outré de Justinien à forcer les conversions. Plus de mille ans avant que l'Académicien fût au monde, les Chrétiens ont blâmé sa précipitation indiscrete. Il est question d'un Prince qui corrige en pere des Déistes turbulens, qui les éloigne des charges, leur refuse des pensions, les prive des places honorifiques, les soumet à quelques taxes pécuniaires, & les met de temps en temps, s'il le faut, dans quelque douce retraite, avec ordre de les bien nourrir, de crainte que leur Philosophie ne les désespére entiérement. Le Prince peut-il agir de la sorte? C'est à cela qu'il faut répondre.

Ibid. *Belisaire.* Le repos des Etats, reprit l'Empereur, dépend de l'union des esprits. C'est une maxime équivoque, dit Belisaire, & dont on abuſe ſouvent. Les eſprits ne ſont jamais plus unis, que lorſque chacun eſt libre de penſer comme bon lui ſemble.

Le Docteur. Qui eſt-ce qui croira qu'en fait de Religion, *les eſprits ne ſont jamais plus unis, que lorſque chacun eſt libre de penſer comme bon lui ſemble* ? Pour que les eſprits ſoient unis malgré la différence des Religions, il faut des hommes indifférens pour leur Religion. On laiſſe tranquilles & trop tranquilles les Déiſtes, & cependant M. Marmontel eſt plein de ferveur, & ne peut ſe taire. Quel bruit ne feroit-il pas s'il avoit la permiſſion de tout dire ? Le vrai moyen d'allumer un feu dans l'Etat, qu'il fût enſuite peut-être impoſſible d'éteindre, ce ſeroit de donner libre exercice de Religion aux Luthériens, aux Calviniſtes, aux Sociniens & à toutes les autres ſectes. Jamais il ne s'en eſt trouvé aucune qui ait vu diſputer tranquillement contre ſa croyance. La nature rend tous les hommes ſenſibles par cet endroit, tant qu'il leur reſte quelque zèle pour l'objet de leur culte. Auſſi lorſque Julien l'Apoſtat voulut diviſer les Chrétiens, il ſe propoſa, ſelon Ammien Marcellin, de mettre en œuvre le moyen même que propoſe M. Marmontel, pour unir les *eſprits*. Il donna à toutes les ſectes chrétiennes une pleine liberté de croyance. Il rappella les Saints que Conſtance avoit bannis, les Semiariens ou Macedoniens, les Eunoméens & Aéce leur chef, qu'il fit même venir à la Cour. Il donna la même liberté aux Novatiens, aux Donatiſtes & aux Juifs. Quel fut le fruit de cette tolérance univerſelle ? Des diſputes & des diviſions. Pour qui M. Marmontel aura-t-il du reſpect & de la déférence, s'il n'en a pas pour le très-impie Julien l'Apoſtat, un des principaux Peres de ſon Egliſe? Qu'il corrige donc ſon quinziéme chapitre, & qu'il faſſe céder de vaines raiſons à l'expérience.

Il eſt vrai que dans les Etats où l'on tolére toutes les ſectes, on y jouit d'une certaine paix. Mais ſi ces ſectes différentes conſervent quelque zéle pour leur Religion, cette paix ne vient point de l'union des eſprits. Elle vient au contraire de ce que chaque ſecte ſe renfermant en elle-même, ne ſe met nullement en peine des autres; à moins qu'il n'y ait quelque néceſſité preſſente d'intérêt qui les y oblige. Il n'y a entr'elles ni amitié, ni confiance, ni correſpondance. Elles ſont toutes réciproquement ennemies, & toujours prêtes à ſe ſoulever les unes contre les autres, ſi on les attaque. Eſt-ce là ce qu'on appelle *union des eſprits*? Qu'on faſſe comparaiſon de la paix forcée qui eſt entre ces ſectes différentes obligées de vivre ſous un même gouvernement, avec cette concorde libre qui régne dans les Etats Catholiques, où la vérité ſeule parle publiquement, & on aura une preuve que M. Marmontel continue toujours de s'égarer.

Avouons cependant qu'il y a un cas où les eſprits pourroient être unis par un effet de la tolérance de toutes les Religions; c'eſt celui où il arriveroit que cette tolérance jetteroit dans les eſprits une telle inertie, qu'on perdroit inſenſiblement toute Religion. Certainement on ne diſputeroit plus ſur la Religion, lorſqu'il n'y auroit plus de Religion. Je me doute que c'eſt la penſée de M. Marmontel, qu'il a exprimée à la façon d'une sentence & d'une maniére mystérieuse; afin d'imiter Platon qui dit agréablement dans un de ses dialogues : *Prenez garde que personne ne nous entende, que ceux que nous avons admis à nos mysteres.* Si telle est sa pensée, qu'il entreprenne de prouver qu'il vaut mieux anéantir la foi en JESUS CHRIST, que d'imposer silence aux Déistes : nous verrons ce qu'il faudra lui répondre.

En attendant je lui ferai observer qu'il n'en est pas de la Foi Catholique comme des autres Religions. Que celles-ci subsistent ou non, qu'elles se mêlent, qu'elles s'unissent & se tolérent; je dis plus, que la Foi Catholique se maintienne dans un Etat, ou qu'elle s'anéantisse; jamais avec cela elle ne fera naufrage sur la terre. Son appui est ferme & inébranlable. Elle se perpétuera de siécle en siécle. Elle se formera par conséquent des enfans; & il n'arrivera point qu'elle entre à l'égard de ceux qui seront hors de son sein, dans cette indifférence & cette tranquillité, que l'Auteur donne pour un effet infaillible de la tolérance de toutes les sectes. La guerre est donc inévitable des méchans contre l'Eglise : à moins qu'on n'anéantisse l'Eglise, ou qu'on ne convertisse tous les méchans. Jamais ni l'un ni l'autre n'arrivera. Donc M. Marmontel qui prétend unir *les esprits*, en introduisant la tolérance de toutes les Religions, n'a point de Religion; ou si l'on aime mieux, il a la Religion des Déistes, & est un ennemi déclaré de la Religion véritable.

Belisaire. Sçavez-vous ce qui fait que l'opinion est jalouse, tyrannique & intolérante; c'est l'importance que les Souverains ont le Ibid.

malheur d'y attacher ; c'eſt la faveur qu'ils accordent à une ſecte, au préjudice & à l'excluſion de toutes les ſectes rivales.

Le Docteur. La Religion n'eſt point *jalouſe* ; elle a pitié au contraire de tous ceux qui ne l'embraſſent pas. Elle n'eſt point *tyrannique* ; car elle ne veut que des diſciples volontaires. Elle tolére bien des choſes, pour éviter de plus grands maux. Elle en corrige d'autres, & apprend quelquefois aux Princes qu'elle porte dans ſon ſein, à faire ſervir leur autorité au maintien de la foi qu'ils ont reçue.

Mais ce n'eſt pas des Princes qu'elle apprend à connoître l'*importance* de ſes dogmes. Elle les a crus ; elle les a ſoutenus ; elle a verſé ſon ſang pour les conſerver dans leur pureté originale, avant que les Princes fuſſent Chrétiens. Ils ſont entrés les derniers dans l'Egliſe, & après que ſes plus beaux jours étoient paſſés ; Dieu montrant par cette conduite, que c'eſt du ciel & non de la terre, que l'Egliſe tire ſa force & ſa beauté.

Ibid. *Beliſaire.* Perſonne ne veut être avili, rebuté, privé des droits de citoyens & de ſujets fidéles. Et toutes les fois que dans un Etat on fera deux claſſes d'hommes, dont l'une écartera l'autre des avantages de la ſociété, quelque ſoit le motif de l'exhérédation, la claſſe proſcrite regardera ſa patrie comme ſa marâtre.

Le Docteur. Cela va ſans dire, qu'un Déiſte remuant & châtié regardera ſa patrie *comme ſa marâtre.* Mais cette mauvaiſe humeur vaut infiniment mieux que la liberté d'empoiſonner ſa patrie. Ainſi la maxime revient toujours, qu'il faut reprimer les Déiſtes.

P. 249. *Beliſaire.* Le plus frivole objet devient

grave, dès qu'il influe férieufement fur l'état des citoyens : & croyez que cette influence eft ce qui anime les parties.

Le Docteur. Nous le croyons, que fi un Prince vouloit faire fervir fon autorité à donner du poids au plus *frivole objet*, alors *le plus frivole objet deviendroit grave* aux yeux de la plûpart de fes fujets, en influant *férieufement fur l'état de citoyens*; tant fon pouvoir eft capable d'entraîner la multitude. Mais que s'enfuit-il de-là? Que s'il ne fe mêle point de Religion, tout fera calme? Je vous ai montré qu'indépendamment de cette influence du Prince, l'homme eft toujours chaud en matiére de Religion; & que la nôtre fur-tout, ne tire point fon exiftence, ni fon zèle à fe défendre, de l'autorité des Princes.

Qu'un Prince autorifât l'incrédulité des Déiftes, à la bonne heure; je crois que cette influence animeroit les Chrétiens fidéles, non à fe foulever, mais à prier, gémir & fouffrir; car la Religion véritable trouve dans fon propre cœur les forces néceffaires pour fe foutenir & fe perpétuer. Il n'en eft pas de même du Déifme. La verge le fait trembler; parce que quelqu'audacieux qu'il foit, c'eft fa maxime de plier fous le plus fort. D'où il fuit néceffairement qu'un Prince fera des Déiftes tout ce qu'il voudra; dès qu'il jugera à propos de s'en donner la peine.

Belifaire. Qu'on attache le même intérêt à une difpute élevée fur le nombre des grains de fable de la mer, on verra naître les mêmes haines. Ibid.

Le Docteur. Je vous réponds de mon indifférence fur cette difpute, & de celle de tous les gens sensés. M. Marmontel n'a-t-il pas de comparaisons plus justes à nous donner ? Passe, que des Philosophes s'échauffassent sur cette question ; personne n'en seroit étonné ; ils en font bien d'autres tous les jours !

Ibid. *Belisaire.* Le fanatisme n'est le plus souvent que l'envie, la cupidité, l'orgueil, l'ambition, la haine, la vengeance qui s'exerce au nom du ciel : & voilà de quel Dieu un Souverain crédule & violent se rend l'implacable ministre.

Le Docteur. A qui en veut-il avec son *fanatisme* & toutes ses belles épithétes ? Est-ce aux Chrétiens ou au Christianisme ? Si c'est aux Chrétiens, nous lui abandonnons tous ceux qui sont coupables de ces vices ; & nous leur dirons à eux-mêmes, que s'ils continuent de marcher dans cette miserable route, ce sera grande merveille s'ils ne tombent tôt ou tard dans l'affreux précipice du Déisme. En veut-il au Christianisme ? Hélas ! qu'il lise l'Evangile : il ne prêche que l'amour fraternel, le mépris des biens terrestres, l'humilité, la patience.

Que je connois bien ce prétendu Philosophe ! Il veut dire qu'un Souverain qui forcera les Déistes à se taire, sera *crédule*, parce qu'il aura la foi : & *violent*, parce qu'il aura du zéle pour réprimer leur demangeaison de parler & d'écrire : & que ceux qui lui diront qu'il fait en cela servir pour Dieu l'autorité qu'il en a reçue, ne sont que des *fanatiques* animés par *l'envie*, *la cupidité*, *l'orgueil*, *l'ambition*, *la haine*, *la vengeance.* Voyez-vous comme je pénétre dans le sens de son chapitre ? Par-tout je découvre un homme en délire, qui ayant secoué le joug aimable &

ſalutaire de la foi, créve de dépit de voir encore cette foi ſi autoriſée.

Beliſaire. Qu'il n'y ait plus rien à gagner P. 250. ſur la terre à ſe débattre pour le ciel : que le zèle de la vérité ne ſoit plus un moyen de perdre ſon rival ou ſon ennemi, de s'élever ſur leurs débris, de s'enrichir de leurs dépouilles, d'obtenir une préférence à laquelle ils pouvoient prétendre, tous les eſprits ſe calmeront, toutes les ſectes ſeront tranquilles.

Le Docteur. C'eſt toujours la même chanſon. L'Auteur s'eſt mis fortement dans la tête, que tout le monde eſt fonciérement Déiſte dans l'ame : que perſonne ne prend intérêt à la Religion, par un motif pris de la Religion même : que ſi un Prince permet à chacun de parler, chacun ſe taira, & ſera indifférent pour ſa croyance, les Chrétiens comme les autres. Encore une fois qu'il jette les yeux ſur les temps paſſés, & principalement ſur les trois premiers ſiécles de l'Egliſe, où les faveurs n'étoient ſûrement pas pour les Chrétiens ; il trouvera moyen de revenir de toutes ſes bravades.

Dira-t-il pour réponſe, que les Chrétiens n'étoient attachés à la foi, que parce que les Payens la perſécutoient ? J'y conſens, pourvû qu'il prouve ces deux choſes : que les Chrétiens ont mieux aimé parler & écrire pour autoriſer un fanatiſme que Dieu réprouvoit, (telle eſt la ſuppoſition de l'Auteur) que de conſerver leurs biens, leur honneur, leur liberté, leur vie : & qu'ils ont été aſſez habiles pour faire d'eux-mêmes un très grand nombre de miracles, ou aſſez ruſés pour faire croire qu'ils les opéroient, quoique perſonne n'en vît aucun.

Ibid. *Belisaire.* Et la cause de Dieu sera abandonnée, dit Justinien. Dieu n'a pas besoin de vous pour soutenir sa cause, dit Belisaire. Est-ce en vertu de vos édits que le soleil se leve, & que les étoiles brillent au ciel ?

Le Docteur. Il fait bon avoir de l'esprit. On trouve moyen d'accabler ses adversaires. Un Prince ne peut point faire lever le soleil, ni commander aux étoiles. Donc il ne peut pas commander à M. Marmontel de purger ses Romans de toute impiété. Telle est la force d'un génie supérieur. Dieu l'a bien montré, qu'il n'a pas besoin des Princes pour soutenir sa cause; puisqu'il l'a soutenue dans son plus grand éclat, malgré toute la puissance des Empereurs. Non; un Prince qui soutient la Religion dans ses Etats, & qui en purge les impies, ne prête point des forces à Dieu : au contraire, c'est de Dieu qu'il reçoit les forces qu'il a; & c'est un grand honneur à lui qu'il les emploie à un si saint ministere.

Ibid. *Belisaire.* La vérité luit dans sa propre lumière, & on n'éclaire pas les esprits avec les flâmes des buchers.

Le Docteur. Qu'on remarque ces termes : *les flames des buchers*, pour dire simplement qu'on a tort de ne pas permettre aux Déistes de dire ou de faire tout ce qu'ils veulent. Ces exagérations au reste sont mises là exprès, dans l'espérance que le lecteur peu fin & peu précautionné, passera insensiblement de la condamnation de ces punitions extraordinaires & violentes, à l'improbation de celles qui seroient médiocres; & qu'à la fin du chapitre il se trouvera tourné vers cette douceur complette & générale, dont les Philoſophes penſent qu'ils auroient grand beſoin. Je conviens que *la vérité luit dans ſa propre lumiére*, & qu'*on n'éclaire pas les eſprits avec les flâmes des buchers.* Mais que l'Auteur convienne auſſi, que quand on châtiera un Déiſte Prédicateur, ce ne ſera pas pour l'éclairer, mais ſeulement pour le punir & l'intimider; & c'eſt toujours bon.

Beliſaire. Dieu remet aux Princes le ſoin de juger des actions des hommes; mais il ſe réſerve à lui ſeul de juger des penſées. Ibid.

Le Docteur. Un écrit n'eſt pas une penſée; c'eſt une action. Un Prince peut donc en juger. L'Auteur abandonne toujours ſa thêſe.

Beliſaire. Et la preuve qu'il ne les a pas pris pour arbitres, c'eſt qu'il n'en eſt aucun qui ſoit exempt d'erreur. Ibid.

Le Docteur. Quoi! parce qu'un Prince peut tomber dans l'erreur, il ne pourra pas arrêter les Déiſtes? La belle conſéquence! Que le Prince s'en tienne à l'Egliſe qui eſt la dépoſitaire infaillible de la vérité, & qu'il en ſuive l'eſprit; les coups qu'il frappera ſeront toujours juſtes, parce qu'ils ſeront mérités.

Beliſaire. Si la liberté de penſer eſt ſans frein, dit l'Empereur, la liberté d'agir ſera bientôt de même. Point du tout, reprit Beliſaire. C'eſt-là que l'homme rentre ſous l'empire des Loix; & plus cet empire ſe renfermera dans les limites naturelles, moins il aura beſoin de force pour maintenir l'ordre & la paix. La juſtice eſt le point d'appui de l'autorité; & celle-ci n'eſt chancelante, que lorſquelle eſt hors de ſa baſe. Comment voulez-vous accoutumer les hommes à voir un homme s'ériger en Dieu, & commander les armes à la main, de croire ce qu'il croit, de penſer comme il penſe? P. 251.

Le Docteur. M. Marmontel a cela de commode, que dans les endroits où il croit triompher davantage par la force de ſon raiſonnement, il ſuffit de rapprocher ſes principes de ſes concluſions pour le réfuter pleinement. Faiſons-en l'eſſai.

La *liberté de penſer eſt ſans frein* :(ſuppoſons-le, pour mettre en œuvre la Logique de l'Auteur.) Le Souverain *ſe renferme dans les limites naturelles*, & ne ſe mêle plus de Religion. L'affaire eſt faite. Il a exécuté à la lettre la ſentence de M. Marmontel. Que s'enſuit-il de-là ? Donc, dit M. Marmontel, *tous les eſprits ſe calmeront*, *toutes les ſectes ſeront tranquilles*.

Mais quelle ſera cette tranquillité ? ſera-ce celle qui régne entre ces ſectes dont j'ai parlé, qui ſont réciproquement ennemies, qui vivent ſans amitié, ſans confiance, & ſans cette correſpondance libre & naturelle qui eſt entre les perſonnes d'une même Religion ? Ou autrement, ſera-ce celle de ces perſonnes qui ont perdu toute Religion par un effet de cette tolérance générale ? C'eſt certainement l'une ou l'autre. Or, je le demande : ne vaut-il pas infiniment mieux impoſer ſilence à quelques brouillons, que d'expoſer un Etat Catholique à voir éteindre dans ſon ſein la ſeule Religion véritable, la ſeule prouvée & hors de laquelle il n'y a point de ſalut ?

Autre argument auſſi beau que le premier. Le Souverain permet toutes les Religions : ou pour parler le langage énergique de l'Auteur, il ne *s'érige* point *en Dieu*. Que ſuit-il encore ? Donc faudra-t-il conclure, d'après les principes de M. Marmontel, les Auguſtiniens ou les Thomiſtes, les Moliniſtes, les Luthériens, les Calvinistes, les Sociniens qui vont se montrer, & les Déistes, vont s'embrasser mutuellement, & se donner le baiser de paix. Tel est l'argument de M. Marmontel. Partout on voit combien grand est le dégât que la nouvelle Philosophie a fait dans son esprit.

Belisaire. Demandez aux Généraux si l'on persuade à coups d'épées Ibid.

Le Docteur. Ils répondront, les raisons persuadent; les coups corrigent les mutins.

Belisaire. Demandez-leur ce qu'a fait en Afrique la rigueur & la violence exercée sur les Vandales. J'étois en Sicile. Salomon y arriva furieux & désespéré. Tout est perdu en Afrique, me dit-il, les Vandales sont révoltés, Carthage est prise, elle est au pillage, & dans ses murs & dans les campagnes on nage dans des flots de sang, & cela pour quelques rêveurs qui ne s'entendent pas eux-mêmes, & qui ne seront jamais d'accord. Ibid.

Le Docteur. Quoi! les Vandales *ne s'entendoient pas eux-mêmes*, eux qui étoient Déistes sur le mystere de la Sainte-Trinité? Vous allez bien vîte, Monsieur le Philosophe. Respectez vos ancêtres, s'il vous plaît. Vous parlez mieux lorsque vous assurez que les Catholiques ne *seront jamais d'accord* avec les Ariens. C'est très-bien dit; je vous félicite d'avoir si bien rencontré. Il étoit bien tems.

Belisaire. Si l'Empereur donne des Edits pour des subtilités qu'il n'entend pas lui-même, il n'a qu'à mettre des Docteurs à la tête de ses armées. P. 252.

Le Docteur. Vous parlez mal, Belisaire. Des Docteurs ne sont pas propres à autoriser des choses inintelligibles. L'Empereur devroit ſe ſervir plutôt des Déiſtes qui ne ſont pas Docteurs : ou pour mieux dire, il lui faudroit des Docteurs pour inſtruire ces Philoſophes, & des ſoldats pour les faire taire. Tout ſeroit dans l'ordre par ce moyen.

Ibid. *Beliſaire.* Pour moi j'y renonce (à ces ſubtilités, dit Salomon). Je ſuis au déſeſpoir. Ainſi me parla ce brave homme. Entre nous il avoit raiſon. C'eſt bien aſſez des paſſions pour troubler un ſi vaſte empire ; ſans que le fanatiſme encore y vienne agiter ſes flambeaux.

Le Docteur. Ce n'eſt pas la ſageſſe, mais la folie de Salomon que Beliſaire met ici en évidence. La voie de la foi qui eſt propoſée à tout le monde, n'eſt pas une ſubtilité. Se ſoumettre à une autorité infaillible dont Dieu eſt la ſource & le garant ; rien de plus raiſonnable. Mais il faut être bien ſubtil pour diſputer contre Dieu. Entre l'Egliſe & les Déiſtes on verra bientôt qui a raiſon.

Ibid *Beliſaire.* Et qui appaiſera les troubles élevés, dit l'Empereur ? L'ennui, reprit Beliſaire, l'ennui de diſputer ſur ce qu'on n'entend pas, ſans être écouté de perſonne.

Le Docteur. M. Marmontel reſſemble à ces mauvais plaiſans qui par des jeux de mots, de petites ſaillies font rire ceux qui les écoutent. A l'entendre parler, on diroit que les Déiſtes rempliſſent tout & ſont écoutés de tout le monde ; & que l'Egliſe reſſerrée dans un petit coin de la terre, eſt à peine connue de quelques-uns. Ce n'eſt pas que l'Auteur le croye ; mais cela lui plaît, & ſonne bien à ſon oreille. Je ne doute pas que lorſqu'il a écrit ces paroles, il ne les ait lues &

relues plusieurs fois, & qu'il n'ait admiré sa dextérité à tourner si bien les choses. Je le laisse jouir volontiers d'un si bas avantage, & lui répons sérieusement, que dans cette Eglise visible, sainte & apostolique qu'il a le malheur de mépriser, on s'est si peu *ennuyé* des vérités mystérieuses, que tous les Martyrs sont morts pour elles. L'Auteur trouveroit-il quelqu'un qui soit mort pour la Philosophie ? Une infinité de Solitaires ayant l'Evangile en main, ont passé sans *s'ennuyer* leur vie dans les déserts. Y a-t-il un seul Philosophe qui pût y passer seulement huit jours, avec tous ses livres de Déisme ? Depuis Jesus-Christ, on défend sans *s'ennuyer* les vérités de la foi lorsqu'elles sont attaquées, & toujours sur les mêmes principes. Combien de fois depuis ce temps-là la Philosophie n'a-t-elle pas changé de décoration, pour se conformer au goût des Philosophes, qui s'ennuient de tout ce qui vieillit, & qui n'aiment que la nouveauté ? L'Eglise, dit l'Auteur, n'est *écoutée de personne.* Hélas ! que les Déistes prennent la date de leur libertinage d'esprit, ils verront, s'ils passent au-delà, qu'il n'y en a pas un seul parmi eux qui ne l'ait écoutée !

Belisaire. C'est l'attention qu'on a donnée aux nouveautés, qui a produit tant de Novateurs. Qu'on n'y mette aucune importance, bientôt la mode en passera, & ils prendront d'autres moyens pour devenir des personnages. Je compare tous ces gens-là à des champions dans l'arêne. S'ils étoient seuls, ils s'embrasseroient ; mais on on les regarde, ils s'égorgent. Ibid.

Le Docteur. Pour trouver de la justesse dans

ces paroles, il faut les détacher du quinziéme chapitre de Belisaire, & les transporter dans quelque ouvrage de controverse, où l'on fera le procés à quelque nouveau venu. Car étant appliquées à la foi catholique, il n'y a pas de sens commun. Les Chrétiens *Novateurs* ! Eux qui suivent une Religion aussi ancienne que le monde. Les Chrétiens combattre par le seul plaisir de se donner en spectacle ! Eux qui ont souvent supporté les coups dans ces combats, par l'ordre des Souverains les plus formidables, sans autre soutien que la pureté de leur conscience, & le regard de Dieu. Ah ! disons plutôt que puisqu'un établissement est humain, lorsque *la mode s'en passe*, en *n'y mettant aucune importance*, il faut bien que la Religion Chrétienne soit divine, puisque la *mode* d'être Chrétien ne s'est jamais *passée ;* quoiqu'on y ait mis si peu d'*importance*, qu'une infinité de fois on a persécuté & même égorgé ceux qui en faisoient profession.

P. 253. *Belisaire.* En vérité, dit le jeune homme, ces raisons me persuaderoient. Ce qui m'en afflige, dit l'Empereur, c'est qu'il rend le zéle d'un Prince inutile à la Religion. Le ciel m'en préserve, dit Belisaire ; je suis bien sûr de lui laisser le plus infaillible moyen de la rendre chere à ses Peuples ; c'est de faire juger de la sainteté de sa croyance par la sainteté de ses mœurs,

Le Docteur. Cela signifie qu'un Prince qui se bornera à régler les mœurs, sans s'embarasser de la foi, rendra son zèle *utile à la Religion*, & la Religion *chere à ses Peuples*, Ou dans un langage plus intelligible, que si le Prince est Déiste, la Religion sera très-florissante

florissante dans son Royaume. Il est fâcheux que l'Auteur ne se soit pas avisé, pour rendre son discours plus convaincant encore, de faire remarquer la sainteté des Déistes, qui embeaume tous les endroits où ils se trouvent, & en particulier la Ville de Paris. Cette preuve n'étoit pas à négliger. M. Marmontel ne prend pas garde à ses affaires. Est-ce la modestie qui l'a rendu si retenu sur l'éloge de ses bons confreres ? Ou plutôt n'auroit-il pas appréhendé que quelqu'un ne lui dît qu'il faut bien que les mœurs tiennent à la croyance par les liens que la grace de Dieu forme ; puisqu'on ne trouve de vraies vertus, des vertus pures, que dans le Christianisme ? Il décidera cela une autre fois.

Belisaire. C'est de donner son régne pour exemple & pour gage de la verité qui l'éclaire & qui le conduit. Ibid.

Le Docteur. Beau moyen de rendre un Royaume le centre de la vérité qui éclaire le Prince, que de permettre à tous les sectaires de débiter à l'envi toutes les sotises qu'ils auront inventées !

Belisaire. Rien de plus aisé en faisant des heureux, que de faire des prosélytes. Ibid.

Le Docteur. L'Auteur en changeant de Religion a changé la signification de la plûpart des termes. *Heureux* ne veut plus dire Chrétien fidéle dans son nouveau Dictionnaire ; il signifie Déiste. Ainsi le sens de ce qu'il dit est qu'un Prince Déiste qui autorisera dans ses Etats le Déisme, fera beaucoup de Prosélytes. On en convient ; mais on soutient en même temps qu'il donnera lieu à bien des disputes & des troubles, & qu'il remplira son Royaume d'impies.

Ibid. *Belisaire.* Et un Monarque juste a lui seul plus d'empire sur les esprits, que tous les persécuteurs ensemble.

Le Docteur. Cette proposition, ainsi que bien d'autres que nous avons vues, est vraie dans le sens naturel des termes. Le mal est que ces termes sont déterminés dans tout le chapitre à signifier autre chose que ce qu'on entend naturellement selon les notions communes. *Un Monarque juste* veut dire ici un Prince qui tolére dans ses Etats toutes les Religions. Ces termes-ci : *tous les persécuteurs ensemble*, désignent les Princes qui imposent silence aux Déistes & aux sectaires qui dogmatisent ; d'où naît ensuite cette proposition, qu'un Monarque qui suivra la Religion Chrétienne, & qui laissera les Déistes libres de dire & d'écrire tout ce qu'ils voudront, aura *plus d'empire sur les esprits*, pour leur faire croire les vérités de la foi, qu'il n'en aura en forçant les Déistes à se taire. Ou si l'on veut encore quelque chose de plus clair, qu'un berger conservera mieux son troupeau, & en sera un gardien plus fidéle, s'il permet aux loups d'entrer dans la bergerie. Est-il besoin d'une réponse pour réfuter de pareilles absurdités ?

Ibid. *Belisaire.* Il est plus commode sans doute de faire égorger les hommes, que de les persuader.

Le Docteur. Un Monarque juste ne cherche pas ce qui est plus commode, mais ce qui est plus utile. Or il est plus utile qu'il fasse taire les Déistes, que de les égorger. Il les forcera donc à se taire. Egorger les Déistes ! O Dieu ! Qui peut entendre cela sans frémir ? Nous irions en foule nous jetter aux pieds du Monarque, & nous demanderions grace pour ces pauvres Philoſophes.

Beliſaire. Mais ſi les Souverains demandoient à Dieu, qu'elles armes emploirons-nous pour vous faire adorer comme vous devez l'être, & que Dieu daignât ſe faire entendre, il leur répondroit, vos *vertus.* Ibid.

Le Docteur. Un Souverain ne ſeroit pas fort avancé par cette réponſe. Il auroit encore à demander à Dieu, en quoi conſiſtent les vertus d'un Souverain? Et Dieu lui répondroit : imitez mon ſerviteur David, qui a régné comme vous. Voyez ce qu'il dit dans le Pſeaume centiéme. *Je me hâterai d'exterminer tous les pécheurs de la terre, & je purgerai la Cité du Seigneur de tous les méchans.*

Beliſaire. Quand l'ame de Juſtinien que P. 254. cette diſpute avoit émue, ſe fut calmée dans le ſilence, il ſe rappella les maximes & les conſeils des ſectaires qui l'entouroient, leur violence, leur orgueil, leur animoſité cruelle. Quel contraſte, diſoit-il, en lui-même! Voilà un homme blanchi dans les combats, qui reſpire l'humanité, la modération, l'indulgence; & les Miniſtres du Dieu de paix ne m'ont jamais recommandé qu'une contrainte tyrannique, & qu'une inflexible rigueur. Beliſaire eſt pieux & juſte. Il aime ſon Dieu; il deſire que tout l'adore comme lui; mais il veut que ce culte ſoit volontaire & libre. C'eſt moi qui me ſuis trop livré à ce zéle, qui dans mon ame n'étoit peut-être que l'orgueil de dominer ſur les eſprits.

Le Docteur. Voilà enfin Juſtinien devenu Déiſte. Beliſaire la converti, comme M. Marmontel a converti Beliſaire en en faiſant un Déiſte, pour exciter ſon zèle en lui donnant un ſi bel exemple. Je n'ai rien à dire à Beliſaire; puiſque l'Auteur avoue que ſon hiſtoire n'eſt qu'une fable : ni à Juſtinien qui n'a dit, ſelon l'Auteur, tout ce qu'on vient d'entendre, qu'*en lui-même*, dans le *ſilence* & le *calme* de ſon *ame*. Car je ne ſuis pas le ſcrutateur des cœurs. Je ne pourrois donc m'adreſſer qu'à M. Marmontel, pour lui repréſenter qu'il faut qu'il ait bien du tems à perdre, pour s'amuſer à faire des écrits pleins de contradictions, de ſophiſmes, & d'impiété.

Après avoir dit ces paroles, le Docteur ferma le livre; eh bien, Monſieur, me dit-il, en m'adreſſant la parole, que penſez-vous du 1 chapitre de Beliſaire? que penſez-vous de la Religion?

Ah! Monſieur, m'écriai-je, nous ſommes tous les deux victorieux. Vous l'êtes de moi & je le ſuis de mon erreur.

Tout de bon! me dit le Docteur, Dieu ſoit béni. Je vois bien que la faute de M. Marmontel qui d'un Chrétien a fait un Déiſte, a eu un ſuccès fort heureux; puiſqu'elle m'a donné lieu de faire d'un Déiſte un Chrétien. Puiſſiez vous avoir beaucoup d'imitateurs. *Ainſi me parla ce brave* Docteur. *Entre nous il avoit raiſon.*

Quelle langue aſſéz éloquente pourroit maintenant vous exprimer, Monſieur, ce que je ſentis en moi-même, lorſque je fus de retour dans ma maiſon? Je ne puis mieux vous le faire entendre qu'en empruntant les paroles de votre chapitre, & en opérant en elles pour ainſi dire une eſpece de converſion. *Quand* mon *ame que cette diſpute avoit émue ſe fut calmée dans le ſilence*, je me *rappellai les maximes* diaboliques *& les conſeils* perni cieux des Déiſtes qui m'avoient *entouré* juſ-qu'alors ; *leur violence*, *leur orgueil*, *leur animoſité cruelle* contre les dogmes de la Religion Chrétienne. *Quel contraſte*, diſois-je en moi-même ! *Voilà* un Docteur *blanchi dans* l'étude de la Religion, *qui* ne *reſpire* que la piété & la fidélité qu'on doit à Dieu & à ſon Prince : & de prétendus Philoſophes *ne m'ont jamais recommandé*, ſoit par leurs diſcours, ſoit par leurs brochures, qu'une abſurde & inflèxible incrédulité, un eſprit de diſcorde & de trouble. *Le Docteur eſt pieux & juſte ; il aime ſon Dieu* ; *il déſire que tout l'adore comme lui* ; *mais il veut que ce culte ſoit* fondé ſur la révélation & non ſur la fantaiſie d'un chacun. *C'eſt moi qui me ſuis trop livré à ce zèle* philoſophique, *qui dans mon ame n'étoit que l'orgueil de dominer ſur les eſprits.*

C'en eſt aſſez, Monſieur; je finis. Dieu m'a converti ; je ne ſuis plus Déiſte. Dieu vous faſſe la même grace.

Je ſuis, &c.

FAUTE.

Page 14. ligne 15. *liſez* : cet éloge n'en eſt que mieux.

www.ingramcontent.com/pod-product-compliance
Ingram Content Group UK Ltd.
Pitfield, Milton Keynes, MK11 3LW, UK
UKHW021820190726
13853UKWH00003B/1084